가지 않은 길

가지 않은 길

발   행 | 2019년 11월 29일

지은이 | 이상식
펴낸이 | 신중현
펴낸곳 | 孝而思 학이사

출판등록 : 제25100-2005-28호
주   소 : 대구광역시 달서구 문화회관11안길 22-1(장동)
전   화 : (053) 554~3431, 3432
팩   스 : (053) 554~3433
홈페이지 : http://www.학이사.kr
이 메 일 : hes3431@naver.com

이 도서의 국립중앙도서관 출판예정도서목록(CIP)은 서지정보유통지원시스템 홈페이지와
국가자료종합목록시스템에서 이용하실 수 있습니다. (CIP제어번호 : CIP2019046605)

ISBN _ 979-11-5854-202-3   03810

가지 않은 길

이상식 지음

學而思 | 학이사

제2부 _ 대구 사람 대구 이야기

제3부 _ 나와 대구와 대한민국

책을 펴내며

저는 문학 소년의 일면을 간직하고 있습니다. 백석, 윤동주, 조치훈, 박목월, 기형도, 정호승 시인들을 좋아했고 그들의 시를 즐겨 읽었습니다. 특히 시인들의 아버지라 불리는 백석 시인의 「나와 나타샤와 흰 당나귀」, 「남신의주 유동 박시봉방」 같은 시를 접하였을 때의 감동을 잊지 못합니다. 고등학교 때 특활시간에는 영시반을 선택했습니다. 로버트 프루스트의 시 「가지 않은 길」을 좋아했습니다. 이 시가 제가 처음 지은 책의 제목이 되리라고는 상상도 못 했습니다.

사람들은 큰 도전을 앞두고 있는 저에게 많은 사람들이 선택한 흔한 길을 갈 것을 권합니다. 대구에서는 제가 선택한 길이 험한 길이기 때문입니다. 그러나 저는 기꺼이 사람들이 적게 다닌 길(less travelled by)을 선택하고자 합니다. 그 길은 분명 험로이기는 하나 선택할 가치가 있고 의미가 있는 길이기 때문입니다. 먼 훗날 지난날을 돌이켜 회상하면서 '어느 숲속에서 두 갈래 길을 만나 사람들이 적게 다닌 길을 택했노라고. 그리고 그것 때문에 세상이 달라졌노라'고 말할 수 있게 되기를 간절히 소망합니다.

노랗게 물든 숲속에 두 갈래 길
몸 하나로 두 길 갈 수 없어
아쉬운 마음으로 그 곳에 서서
덤불 속으로 굽어든 한쪽 길을
끝까지 한참을 바라보았습니다

그리고는 다른 쪽 길을 택하였습니다
똑같이 아름답지만 그 길이 더 나을 법하기에
아, 먼저 길은 나중에 가리라 생각했는데!
하지만 길은 또 다른 길로 이어지는 법
다시 돌아오지 못할 것을 알고 있었습니다

지금으로부터 먼먼 훗날 어디에선가
나는 한숨 쉬며 이렇게 말할 것입니다
어느 숲속에서 두 갈래 길 만나
나는 사람이 적게 다닌 길을 택했노라고
그리고 그것 때문에 모든 것이 달라졌다고

             - 프로스트 시 「가지 않은 길」 전문

제 1 부

나를 키운 대구

I
나의
살던
고향은

우리 고장에서는

오빠를 오라베라 했다

그 무뚝뚝하고 와살스러운 악센트로

오오라베라 부르면

나는

앞이 칵 막히도록 좋았다

나는 머루처럼 투명透明한

밤하늘을 사랑했다

그리고 오디가 새까만
뽕나무를 사랑했다
혹은 울타리 섶에 피는
이슬마꽃 같은 것을……
그런 것은
나무나 하늘이나 꽃이라기보다
내 고장의 그 사투리라 싶었다

참말로
경상도 사투리에는
약간 풀냄새가 난다
약간 이슬냄새가 난다
그리고 입안이 마르는
황토흙 타는 냄새가 난다

　경주가 고향인 박목월 선생님의 시 '사투리'입니다.
이 시를 읽을 때마다 경상도 사람이라는 게 자랑스럽
습니다. 박목월 선생님은 제가 특히 좋아하는 시인입
니다. 선생님이 경주 사람이라는 게 어려서부터 큰 자
부심이었습니다. 제 고향이 경주이기 때문입니다. 박

목월과 김동리 선생님은 제 고향 경주가 자랑하는 문인들입니다.

저는 경북 경주시 외동읍 죽동리에서 1966년 4월에 태어났습니다. 그 시절은 우리나라 어느 농촌 지역이나 비슷했습니다만, 우리 마을도 가난하지만 정이 넘치던 전형적인 농촌 마을이었습니다.

제가 태어나고 자라던 집은 7번 국도에 붙어 있었습니다. 지금은 도로가 4차선으로 확장되고, 울산권에서 확장된 공단이 마을 턱밑까지 뻗어 올라와 여기저기 공장이 들어서 예전의 풍경을 찾아보기란 쉽지가 않습니다.

농촌에서 태어난 저는 누구보다 평범하게 자랐습니다. 사람들은 흔히 말하기를 훌륭한 인물은 어머니들이 좋은 태몽을 꾼다고 하지만, 저는 이렇다 할 태몽 이야기를 어머니에게서 들은 바 없습니다. 그리고 우리 집안도 이렇다 할 인물 하나 없는 평범한 집안이었습니다. 6촌 안에 군수나 경찰서장은커녕 면서기나 순경도 한 명 없었던 것으로 기억합니다. 그래서 저는 어릴 때 친구들이 자기 집안 자랑을 늘어놓을 때면 자랑할 것 하나 없는 평범한 집안을 떠올리며 머쓱해질 때가 많았습니다. 그러나 부끄러워 할 일은 아니었습니다.

아버지는 일제강점기에 먹고 살기 위해 일본으로 이주하신 할아버지와 할머니 사이에서 태어났습니다. 아버지는 작은아버지가 태어난 후 얼마 지나지 않아 할아버지가 돌아가셔서 학교라고는 초등 2학년까지 다닌 것이 전부인 시골 농부였습니다. 어머니 역시 그런 농부의 아낙이었으나 두 분 모두 남에게 피해를 주지 않고 선량하게 사시는 분들이었습니다.

저는 형과 여동생 둘, 이렇게 2남 2녀가 함께 자랐습니다. 우리 남매들은 어릴 적엔 철이 없어 좀 싸우며 컸는지는 몰라도 성장해서는 지금까지 한 번도 서로 얼굴 붉힌 일이 없을 만큼 의가 좋습니다.

형은 교직에 종사했는데, 재직 20년이 지나자 명예퇴직을 하고 바람처럼 구름처럼 자유롭게 생활하는 분입니다. 바로 밑 여동생은 지금도 선생님으로 교편을 잡고 있으며, 막내 여동생은 어린이집 교사입니다. 형제 3명이 모두 선생님인데 저만 다른 길을 가게 된 것입니다.

특별하지 않았던 소년

사실 저는 어릴 적 기억이 별로 없습니다. 남들은 다섯 살 이후의 기억은 거의 생각난다고 하지만 저는 초등학교 입학 이전의 기억은 별로 없습니다. 아주 어린 시절의 일로 다만 기억나는 것은, 몇 살 때였는지는 잘 모르겠습니다만 인근의 경주 보문단지에 놀러 간 일이 생각납니다. 그곳에 다녀와서는 일본에 놀러 갔다 왔다고 주장해 형한테 핀잔을 받기도 했습니다. 일본이라는 나라를 알았으니 그 또한 많이 어렸던 때는 아닌 것 같습니다.

초등학교 입학했을 때 학교에 칠면조가 있었던 것 등의 사소한 일 정도가 기억날 뿐입니다. 초등학교 저학년 때까지 저는 존재감이 별로 없는 편이었습니다. 내가 스스로에 대해, '내가 좀 똑똑하구나' 하고 깨닫게 된 것은 초등학교 5학년 때부터였습니다. 교내 교과서 구술대회가 있었는데 그때 저는 5학년 국어 교과서에 나왔던 '콜럼버스의 아메리카 대륙 발견기'를 통째로 외워 주목받는 아이가 되었습니다. 일 년 내내 쉬는 시간이면 구술대회 때의 내 목소리가 교내 방송으로 계속해서 흘러나왔고, 저는 쑥스러워하면서도 괜스레 어깨가 으쓱해지곤 하였습니다.

그리고 시간이 흘러 중학교에 진학하게 되었습니다. 우리 읍에는 중학교가 딱 한 군데 있었는데 남자 4반, 여자 4반으로 경주에서는 두 번째로 큰 중학교였습니다. 중학교 때에도 저는 여전히 공부는 잘하지만 내성적인 아이였습니다. 방과 후에는 친구들과 어울려 놀기보다는 남아서 공부를 하거나 책 읽기를 좋아했습니다. 당시 시골에서 집에 돌아가 공부를 하거나 책을 읽는다는 것은 거의 불가능했습니다. 학교를 마치면 무조건 부모님이 하시는 농사일을 도와야 했기 때문입니다.

집으로 오기 위해서는 저녁 9시에 입실역에서 기차를 타고 죽동역에 내려야 했습니다. 한 번은 아무 생각도 하지 않고 죽동역에 서지 않는 기차를 탄 일이 있었습니다. 하는 수 없이 집에서 4킬로 떨어진 불국사역에 내렸는데, 버스도 끊어져 밤길을 홀로 걸어와야 했습니다.

지금도 불국사에서 죽동으로 가는 길가에는 공동묘

지가 있습니다. 당시 그 공동묘지를 지날 때의 무서움은 아직도 생생합니다. 무서워서 뒤를 돌아보지 않고 뛰고 또 뛰었습니다. 그렇게 한참을 뛰다보니 저 멀리 길가의 우리 집에서 나오는 불빛이 보였습니다. 집에 들어서니 아버지가 평상에 쭈그리고 앉아 나를 기다리며 담배를 피우고 계셨습니다. 그 모습을 봤을 때의 기쁨과 안도감은 지금까지도 뚜렷이 기억합니다.

저는 말 그대로 우물 안 개구리였습니다. 중학교 2학년 때 영어 암송대회에 나간 것이 외부 학생들과의 첫 만남이었습니다. 영어 암송대회에서 저는 꽤 잘했던 것으로 기억하는데, 결과는 예선 탈락이었습니다. 담당 영어 선생님은 여자 선생님이셨는데, '우리가 시골 학교에서 왔기 때문에 차별을 당해 그런 것이니 속상해 하지 말라'며 위로해주셨습니다. 그때부터 저는 본격적인 영어공부를 시작했는데, 학습 속도가 빨라 주위 친구들을 놀라게 했습니다.

그때 우리 학교로 외국인이 한 분 오신 일이 있었습니다. 떠듬떠듬 몇 마디 나눈 것을 본 친구들은 아직도 그 사실을 부풀려 이야기합니다. 그때 외국인과 유창하게 대화했다고. 어쨌든 중학교 3학년이 되자 다달이 치는 모의고사 성적을 3학년 교실이 있었던 3층 복도에 성적대로 쭉 써 붙였습니다. 학생들에게 성적에 대한 경쟁심을 불러일으키기 위한 일이었던 것 같습니다만, 늘 1등이나 2등 안에 제 이름이 있었습니다. 그러다 보니 여학생들 사이에서 인기도 좀 있었던 것으로 기억됩니다.

유년시절의 기억

유년시절과 초, 중등학교까지도 저는 평범한 아이였습니다. 그러나 안으로는 조금씩 자라고 있었던 것 같습니다. 제 안에 잠재되어 있던 자아는 나중에 고등학교와 대학교를 거치면서 외부로 발산되어 빛을 발하게 되었습니다. 또 그때는 정서적으로 행복한 시절이었습니다. 학교에서 공부하다 환한 달빛을 밟고 친구들과 도란도란 이야기하며 집으로 돌아오던 일, 눈이 오면 친구들과 재잘대며 눈싸움을 벌이던 때가 지금도 눈에 선합니다.

이때의 친구들은 지금도 절대적으로 제 편이 되어

줍니다. 이 친구들은 제가 어느 편인지를 따지지 않고 내 친구 이상식이니까, 하고 전폭적으로 응원해 줍니다.

이때는 슬픔이나 불행이란 나에게는 영원히 찾아오지 않을 것처럼 여겨지던 시절이었습니다. 몇 년 전 라디오에서 '유년시절의 기행—아낌없이 주는 나무'라는 노래를 듣고 좋아하게 되었는데, 이 노래를 들으면서 이따금 아름다운 유년시절의 기억을 다시금 떠올립니다.

어제는 하늘을 나는 아름다운 꿈을 꾸었지
오랜만에 유년시절의 나를 발견했지
저물 무렵 빈 운동장에 커다란 나무 아래서
운동화에 채이는 비를 보며 그 애와 웃곤 했지

내가 떠나려는 것인지 주위가 변해버린 것인지
휑한 나의 두 눈은 기억속의 너를 찾네
손때 묻은 가방과 어색한 표정의 사진들은
무뎌진 나의 가슴에 숨은 기억을 깨우네

정든 학교를 떠나고 까만 교복을 입던 날
혼돈스런 날을 보내며 조금 커가는 걸 느꼈지
내가 떠나려는 것인지 주위가 변해버린 것인지

헹한 나의 두 눈은 기억 속의 너를 찾네
손때 묻은 가방과 어색한 표정의 사진들은
무뎌진 나의 가슴에 숨은 기억을 깨우네

II
촌놈,
대구로
오다

청운의 꿈을 품고

제가 대구에 살기 시작한 것은 1982년 2월 경신고등학교를 진학하게 되면서부터였습니다. 그전에도 신천동에서 살고 있는 작은아버지 댁에 일 년에 두어 차례 왔었지만 하루 이틀 묵어가는 정도였습니다. 제가 고등학교에 진학할 무렵에 형이 경북대학교 사범대학에 재학 중이었고, 할머니가 형을 돌봐주러 오셔서 같이 생활하고 있었습니다. 그래서 저는 경주의 고등학교를 지원하지 않고 연합고사를 치렀고, 신설 학교인 경신고에 배정받았던 것입니다.

1982년 2월 6일, 학교에 예비소집이 있어 경신고를 처음 찾았습니다. 그날따라 전날 눈이 많이 내려 언덕길을 오르기가 무척 힘이 들었습니다. 할머니께서 몇 번이나 중간에 멈추셔서 기침을 하시던 일이 지금도 기억이 납니다.

1학년 개학 첫날, 당시 담임이셨던 위영수 독일어 선생님은 제가 반에서 연합고사 성적이 1등이라는 이유만으로 실장을 시키셨습니다. 선생님이 공부 잘하는 학생을 좋아하는 것은 예나 지금이나 마찬가지인 것 같습니다.

고교 시절에는 꾸준한 우등생이었습니다. 특히 영어를 잘했습니다. 당시 어렵다고 하는 성문종합영어를 1학기 여름방학 전에 다 떼었습니다. 국어와 사회 과목도 잘 했습니다만 수학은 그렇지 못했습니다. 우리 집안은 저뿐만 아니라 형이나 여동생들도 수학에 약했습니다. 그리고 지금 우리 아들들도 대대로 수학에는 약합니다. 그 결과는 학력고사에서도 그대로 나

아내 김정화와 함께 찾은 옛날 하숙집

타났습니다. 다른 과목에서 틀린 점수 합계보다 수학에서 틀린 게 더 많았습니다. 저는 지금도 가끔 입학시험 치는 꿈을 꾸는데, 늘 수학 문제를 가지고 쩔쩔매곤 합니다.

공부도 잘하면서 운동도 잘하는 편이었습니다. 엄밀히 말하면 운동을 잘하는 게 아니라 체력이 좋았습니다. 100미터 달리기, 윗몸일으키기 등에서 체력장 만점을 받았으며, 특히 씨름을 잘했습니다.

저는 초등학교 때 학교 대표 선수로 대회에 출전한 적이 있었습니다. 고등학교 2학년 때 동네 씨름 대회에서 당시 씨름 특기생으로 대구 영신고 씨름부에서 활동하던 한 살 아래 동생과 호각세를 이룰 정도였습니다. 영신고는 당시 씨름으로 전국에 이름을 날리던 학교였습니다. 저는 씨름을 하면 과감한 선제공격을 좋아합니다. 그래서 5초 안에 승부를 결정짓는 편입니다. 이제까지 비슷한 덩치에 져본 기억이 없습니다.

고등학교 1학년 때는 신암동 대구측후소 근처에서 살다가 2학년 때 범어네거리 근처로 이사했습니다. 지금 복개천도로가 된 지성학원 맞은편에 있었는데, 지금은 아무도 살지 않아 폐가로 있습니다. 여기서 지

금의 그랜드 호텔 앞을 지나 대구여고 옆을 따라 자전
거로 학교에 다녔습니다.

고등학교 2학년 여름방학 때 시골에 내려가 계시
던 할머니가 갑자기 돌아가셨습니다. 장구를 치다 쓰
러지신 것입니다. 뇌출혈이었습니다. 태어나서 처음
으로 경험하는 상실이었습니다.

여느 할머니나 다 마찬가지겠지만 저희 할머니는
손자들을 특히 귀여워하셨습니다. 대구에서 손자들
뒷바라지를 하시다 여름방학이라 경주로 내려갔는데,
마을 잔치에 놀러가셨다가 변을 당한 것입니다.

형과 저는 대구에 오기 전에도 할머니와 함께 잤습
니다. 그 이후에도 부모님보다도 더 많은 시간을 같이
보냈기에 상실감은 더욱 컸습니다.

할머니는 공부 잘하는 둘째 손자가 좋은 대학에 가
는 걸 보는 게 소원이었는데, 그 소원을 보지 못하고
돌아가신 것입니다.

아버지의 뒷모습

돌봐 줄 사람이 없어지게 되자 형과 저는 경신고 바로 앞으로 거처를 옮기고 하숙을 시작했습니다. 당시에도 하숙비는 비쌌습니다. 그러나 농사를 지으면서 도로변에서 조그만 구멍가게를 운영하던 부모님은 학비와 하숙비를 한 번도 밀리게 한 적이 없었습니다. 당시 우리 부모님 세대 모두가 그러했듯이 우리 부모님은 자식들의 교육에 모든 것을 걸고 계셨기 때문입니다.

고교 2학년 초가을 무렵 아버지께서 연락도 없이 아들들이 좋아하는 옥수수를 한 포대 가득 삶아 가지고 땀을 뻘뻘 흘리면서 등에 지고 오신 일이 있었습니다.

그 일이 있은 후 저는 우연히 읽게 된 정호승 시인의 시 「아버지의 나이」를 좋아하게 되었습니다. 이 시를 처음 읽고는 정호승 시인이 마치 제 마음을 알고 쓴 시라는 생각까지 들었습니다. 그래서 아버지가 그리울 때마다 좋아하는 이 시를 적어놓은 노트를 펼치고 읽습니다.

나는 이제 나무에 기댈 줄 알게 되었다
나무에 기대어 흐느껴 울 줄 알게 되었다
나무의 그림자 속으로 천천히 걸어들어가
나무의 그림자가 될 줄 알게 되었다
아버지가 왜 나무 그늘을 찾아
지게를 내려놓고 물끄러미
나를 쳐다보셨는지 알게 되었다

나는 이제 강물을 따라 흐를 줄도 알게 되었다
강물을 따라 흘러가다가
절벽을 휘감아 돌 때가
가장 찬란하다는 것도 알게 되었다
해질 무렵
아버지가 왜 강가에 지게를 내려놓고
종아리를 씻고 돌아와
내 이름을 한 번씩 불러보셨는지도 알게 되었다

지금도 그때 아버지를 생각하면 당시 고등학교 국
어 교과서에 실렸던 중국의 작가 주쯔칭의 수필「아버
지의 뒷모습」이 생각납니다. 오랜만에 고향에 내려온

아들을 배웅하러 역으로 왔다가 아들에게 귤을 사주기 위해 뚱뚱한 몸을 이끌고 플랫폼을 기어오르던 아버지의 뒷모습과 아들들에게 좋아하는 옥수수를 먹이기 위해 비료 포대 한 자루의 옥수수를 땀을 뻘뻘 흘리며 지고 오신 내 아버지의 모습에서 떠오르는 것은 진한 부정父情입니다. 지금도 옥수수만 보면 그때 아버지의 모습을 떠올리며 추억합니다.

손자들을 위해 자신의 생활을 희생하시다 돌아가신 할머니와 자식들에게 모든 것을 걸고 있는 부모님에게 보답하기 위해서라도 열심히 노력하지 않을 수 없었습니다. 이 생각이 질풍노도와 같은 고교시절에, 감독하는 사람도 없이 객지에서 유혹에 빠지기 쉬운 나이의 저를 지켜준 가장 큰 힘이었음을 부정할 순 없습니다.

단조로운 생활을 견디다

고교시절에 저는 친구들과 어울리는 것도 좋아했습니다. 한 번씩 우리끼리 친구의 자취방에서 깡소주도 마셨고, 유행하던 에로 영화도 숨어서 보러 다녔지만 더 이상의 일탈은 없었습니다. 저는 알고 있었습니다. 노력만이 제 미래를 개척할 유일한 힘이라는 것을. 그래서 하루 저녁 친구들과 재미있게 놀다가도 다음 날은 마음을 가다듬고 학업에 열중했습니다.

그래서 훗날 스스로 생각하기에도 좀 재미없고 다소 지루한 학창시절을 보냈다는 생각이 듭니다. 저는 당구도 못 치고 악기 하나 다루는 게 없습니다. 기타를 치는 친구들을 보면 많이 부럽습니다. 배운다고 배운 하모니카라도 제대로 분다고는 자신있게 말할 수 없습니다. 또 바둑도 둘 줄 모릅니다. 이 모든 것이 제 자신에 대해 가장 아쉬운 부분입니다.

좀 재미없게 학창시절을 보내는 대신 본분에 충실했던 것이 제 인생 전체를 좌우하는 힘이 되었습니다. 나중에 행정고시와 박사학위까지 취득하게 되지만 기본적인 학업과 독서는 고교시절과 대학시절에 이루어진 것이라고 보아야할 것이기 때문입니다.

영국의 유명한 철학자 Bertrand Russel의 저서 『행복의 정복: Conquest of Happiness』에는 "어린 시절 단조로운 생활을 견디는 것 : endure monotous life 야말로 행복의 기초"라고 설파한 부분이 나옵니다. 영국 유명 사립학교의 커리큘럼도 재미있다기보다는 지루하고 단조롭습니다. 그러나 그런 과정을 거쳐야 인생의 맛을 제대로 알게 됩니다. 경찰대학 4년의 생활도 마찬가지였습니다. 어떤 친구들은 낭만을 즐기곤 했지만 저는 학생의 본분은 공부하는 것이라고 굳게 믿었기에 열심히 공부 했습니다. 이렇다 할 에피소드도 없는 무미건조한 고교시절과 대학시절을 보냈지만, 저는 인생에서 가장 중요한 자산인 실력을 배양하는데 열중했습니다.

그렇게 세월이 흘러 드디어 대학 입시가 다가왔습니다. 사실 저는 그 당시 학력고사와 내신을 합쳐 우리나라에 진학 못 할 대학이 아무 데도 없었습니다. 그러나 우리 집안의 형편이 녹록치 않았습니다.

형은 대학을 졸업하고 군대에 갔기 때문에 한시름 덜었으나 바로 한 학년 밑의 큰 여동생이 걱정이었습니다. 큰 여동생은 공부를 잘했습니다. 아버지는 시골 농부였고 학교를 다니지 않았으나 개명된 분이었습니다. 딸들도 공부를 시켜야 한다고 믿는 분이었습니다. 제가 서울에 있는 대학에 다닌다면 동생들까지 공부 시키기에는 아무리 부지런하고 알뜰한 부모님이지만 무리였습니다.

Ⅲ
최선의
결정이 된
경찰대학

경찰대학에 수석 입학하다

그래서 택한 것이 경찰대학이었습니다. 당시 시골에서 공부 잘하는 학생들이 경찰대학에 많이 입학했습니다. 특히 영남지방, 그중에서도 대구·경북 학생들이 많았습니다. 동기 120명 중 대구·경북 출신이 36명으로 1/4이 넘었습니다. 여기에 부산경남을 합치면 꼭 절반이었습니다.

이것을 영남지방 특히 대구·경북의 보수성과 권력

지향성을 보여주는 징표의 하나로 저는 해석합니다.

당시 저는 서울대에 가서 정치외교학과를 나와 정치인이나 외교관이 되고 싶었습니다. 그러나 청년의 꿈은 현실이라는 벽에 가로막혔고, 긴 세월이 지난 후에야 청년 시절의 꿈을 이룰 새로운 출발선에 서게 됩니다.

1984년 12월, 크리스마스이브로 기억됩니다. 경찰대학 원서 접수 마지막 날이었습니다. 동대구역 철제 난간에 기대어 소주 한 병을 다 마시고, 고민에 고민을 거듭한 끝에 경찰대학이 있는 용인으로 가기 위해 기차에 올랐습니다. 그 순간이 이후 31년 6개월간의 제 인생을 결정지은 선택의 순간이었던 셈입니다.

경찰대학을 지망한 똑똑한 동기들이 많았는데도 저는 수석 입학의 영광을 안게 되었습니다. 학력고사 성적은 특별히 좋다고 생각하지 않았는데 영어, 수학, 국어 세 과목을 치르는 본고사를 잘 본 것 같았습니다.

그러나 경찰 생활을 하면서 수석 입학이 도움 된 적은 없습니다. 그런데 정치를 시작하다 보니 이게 도움이 되었습니다. 공부 잘하기로 유명한 수성구의 어머니들은 행정고시 합격이라는 타이틀 보다는 경찰대학 수석 합격을 더 쳐주는 것 같았습니다. 당시 처음으로 경신고 정문에 플래카드가 걸렸습니다. 그 이후 저는 경신고 입구에 가장 플래카드를 많이 붙인 졸업생이 되었습니다.

경찰대학은 정식 입학하기 전 2월 초에 학생들을 소집하여 4주간의 기본생활 훈련을 실시한 후 입학식을 거행합니다. 참으로 힘들고 괴로운 시기였습니다. 다른 친구들은 대학에 합격한 기쁨을 누리며 즐거울 때에 우리는 부모와 떨어져 단체 합숙하면서 힘든 훈련을 감내해야 했습니다. 이때 저는 신입생 대표를 맡았습니다. 수석 입학생이 신입생 대표까지 맡으니 학교 안에서 스포트라이트를 받게 되는 것은 당연했습니다.

치안본부장 참석 하에 입학식이 거행되고 길고 길었던 경찰대학 생활이 시작되었습니다. 이때 얼마나 '선배님, 선배님'이라는 칭호를 많이 했으면 1학년 첫 외박 때 모교를 방문하는 자리에서 '선생님'이라는 말이 나오지 않고 '선배님'이라는 말이 계속 튀어 나왔습니다. 그래서 반복된 훈련의 효과가 얼마나 큰지 실감

했습니다.

좁은 공간 안에서 생활하다 보니 동기생 및 선후배와의 유대관계는 그 어떤 대학보다도 강렬했습니다. 특히 그때 맺어진 동기생들의 인연은 35년이 다 되어 가는 오늘에 이르기까지 끈끈하게 유지되고 있습니다. 우리 동기들은 이제 100명 남짓입니다. 숫자가 얼마 되지 않은데 비해 4년을 같이 기숙사에서 생활하다 보니 친구들에 대해 속속들이 다 압니다. 눈빛만 봐도 무슨 생각을 하는지 알 수 있을 정도입니다. 또 졸업 후 같은 직장에서 생활하다 보니 비슷한 조직문화를 가지게 되고, 그 때문에 더 강한 결속력이 생겼는지도 모르겠습니다.

현재 경찰에 남아 있는 동기들은 지방경찰청장과 경찰서장 주력군을 형성하고 있습니다. 그리고 사회에 일찍 진출한 친구들도 이제는 다 자기 분야에서 자리를 잡았습니다. 자주 보지는 못하지만 진정 소중한 벗들입니다.

휴식을 바라지 않는다

미래에 대해 진지하게 생각해 본 적이 없었던 저학년과는 달리 대학 3학년이 되자 미래에 대해 고민하기 시작했습니다. 저는 어떤 경우에도 현재에 만족하지 않고 도전하려는 열정이 강한 사람입니다. 뭣이던 어려운 일을 해내야 직성이 풀리고 자부심도 생겼습니다.

당시 경찰대학에서는 고시 열풍이 불었습니다. 저도 당연히 그 대열에 동참했습니다. 그러나 경찰대학은 학업과 훈련을 동반해야 하기 때문에 공부에 전념하기가 힘이 듭니다. 그래도 저는 최선을 다하고자 노력했습니다. 당시 노트에는 앙드레 지드의 소설 『지상의 양식』의 한 구절이 적혀 있었습니다.

나다니엘이어!

내가 그대에게 정열을 가르쳐 주리라

나는 죽어 잠드는 휴식 외에는

다른 휴식을 바라지 않는다

내 속에 있는 모든 것들을

이 땅 위에 털어 놓고
더 바랄 것 없는 완전한 절망 속에 죽기를
나는 희망한다

그래서 외무고시 공부를 시작했습니다. 정외과를 가서 외교관이 되고자 했던 꿈을 실현해 보고자 한 것입니다. 대학 3학년 겨울에 외무고시 1차에 합격했습니다. 그리고 4학년이 되어 본격적으로 외시 공부를 시작했습니다. 저는 외국어에 재능이 있는 편입니다. 영어는 고교시절부터 잘했고, 경찰대학에서도 4개 학년 전체 영어시험에서 1등을 했습니다. 제2외국어로는 불어를 선택했습니다. 그리고 경제학 등 외무고시 공부에 열중했습니다. 그러다 매너리즘에 빠지게 되었습니다.

경찰대학 4학년은 서장 계급과 바꿔주지 않는다고 할 만큼 후배들에게 대접받는 시간입니다. 임관 후의 기대감으로 충만한 시기이기 때문입니다. 또 졸업여행도 있었습니다.

저는 점점 외무고시 공부에 흥미를 잃어갔습니다. 그러다 2학기가 되자 대학원 진학으로 방향을 전환했

경찰대학 졸업식 날 부모님과 함께

습니다. 대학원에 진학해서 행정고시를 공부하는 것
으로 생각을 바꾼 것입니다.

경찰대학을 졸업하다

1989년 3월에 경찰대학을 졸업, 경위로 임관하고
경찰 간부가 되었습니다. 그때 부모님과 함께 찍은 한
장의 사진은 지금 생각해도 마음이 아립니다. 내 친한
친구들도 모두 이 사진을 보고는 다들 가슴이 먹먹하
다고 합니다. 다들 어려운 시기에 자식을 위해 희생하
신 부모님을 둔 아들들이 느끼는 공통된 마음이 아닐
까 합니다.

Ⅳ
스펙을
갖추다

서울대 행정대학원에 진학

경찰대학을 졸업한 후 서울대학교 행정대학원에 응시해서 합격했습니다. 이 소식을 전해 들은 어머니가 기뻐하시던 모습이 지금도 눈에 선합니다. 공부 잘하는 아들을 경찰대학에 보내고 내내 가슴 아파하셨는데, 대학원이긴 하지만 그토록 바라던 서울대학교 학생이 되었기 때문입니다.

졸업 후 다른 동기들은 치안 현장에 배치되어 근무를 시작했고 대학원에 진학한 친구들은 학업을 계속했습니다. 저는 이때 행정고시라는 분명한 목표를 가지고 있었습니다. 서울대 근처에 하숙집을 정하고 고시 공부를 시작했습니다. 저는 밤을 새워 공부하는 스타일이 아니라 꾸준히 공부하는 스타일입니다. 대학에 다니면서 외시 공부해 놓은 게 있어 대학원 1학년 때 행정고시 1차에 무난히 합격했습니다.

이때 같이 공부한 사람이 지금의 경찰청장이신 민갑룡 선배입니다. 민 선배와 저는 1차에 나란히 합격하고 2차 공부를 하면서 당시 인기 영화 「인디아나 존스」를 같이 보러 다니기도 했습니다. 민 선배는 타고난 품성과 능력을 가지신 분이라 결국에는 경찰총수의 자리에 올랐습니다.

34회 행정고시에 합격하다

행정고시 1차에 이어 한 달 후 바로 응시한 2차 시험에서 바로 합격한 저는 공중에 붕 뜬 기분이었습니다. 말로만 듣던 1,2차 동시 합격이 저에게 찾아올 줄은 몰랐던 것입니다. 아마 외시 2차를 대비하면서 경제학 등을 공부해 놓은 덕분이 아닐까 싶었습니다.

아무튼 저는 크게 고무되어 내가 무슨 스타라도 된 것 같은 기분이었습니다. 그러나 호사다마라고 했습니다. 대한민국의 수재들이 다 몰리는 행정고시에 저처럼 날치기로 합격할 수는 없는 것이었습니다. 공부양이 적었으니 당연히 성적이 좋지 않았고 나이도 가장 어린 축에 들었던 것입니다. 결국 3차 면접에서 탈락의 고배를 마셨습니다. 고시 3차에서 탈락하는 것은 이례적입니다. 100:1이 넘은 행정고시 1,2차를 통과하고 나서 82명중 2명을 떨어뜨리는 3차에서 낙방을 한 것입니다.

그 이후 저는 어떤 일이든 끝까지 신중하게 결과를 기다려야 한다는 생각을 하게 되었고 이때, 생긴 신중한 자세는 지금까지도 유지되고 있습니다.

3차 탈락으로 상심이 컸습니다. 그러나 절치부심하여 1년의 공부 끝에 1990년 제34회 행정고시에 무난히 합격했습니다. 그러나 1년간 각고의 노력 끝에 점수가 올라간 과목은 국민윤리뿐이었습니다. 그래서 저는 지금도 고시 제도의 유용성에 대해 깊이 고민해 보아야 한다는 생각을 가지고 있습니다.

V
경찰에
바친
청춘

다시 대구로

고시에 합격한 후 2년 후배인 7기생들과 논산훈련
소에서 4주간의 군사훈련을 마치고 대구경찰국으로
발령받아 내려왔습니다. 그 당시 왜 서울을 지원하지
않았는지 지금 생각해도 모르겠습니다. 그 당시 성적
이 우수하거나 야망이 있는 경우 다 서울로 지원했는
데 말입니다.

저는 충분히 서울에 배치될 수 있는 성적이 되었지

만 왠지 대구로 내려오고 싶었습니다. 일종의 귀소본능이랄까, 그런 게 작용했나 봅니다.

대구에서 보낸 4년간(1991~1994)의 경찰 초급 간부 시절은 그야말로 꽃피는 봄, 그 자체였습니다. 고시에 합격했으니 더 이상 승진 공부에 신경 쓸 필요도 없었습니다. 당시 대구는 경기도 좋았습니다. 밤마다 시내는 불야성이었고, 술집마다 식당마다 사람으로 가득 차 있었습니다. 어쩌다 서울로 출장 갔다 새마을호 기차를 타고 다시 대구로 내려올 때면 동대구역에 도착하기 직전 기차의 스피커에서 흘러나오던 노래 「달구벌 찬가」를 지금도 기억합니다.

대구는 내 고향 정다운 내 고향~
능금 꽃 피고 지는 내 고향 땅은
팔공산 바라보며 해 뜨는 거리

대한민국 근대화의 주축이자 권력의 심장 대구에서 장래가 촉망되는 유망한 젊은 청년 경찰 간부로 근무하는 나의 자부심은 하늘을 찌르고도 남을 만큼 높았습니다. 세상은 온통 장밋빛이었습니다.

아버지가 돌아가시다

그러나 세상에 좋은 일만 있을 수는 없는 법이었습니다.

그 와중에 아버지가 돌아가셨습니다. 그야말로 하늘이 무너진다는 천붕天崩이었습니다.

아버지는 학교 교육을 받은 적이 없는 시골 농부였으나 자연과 운명에 순응하며 살다 가신 순박한 분이었습니다. 일본 히로시마 인근에서 태어나 광복이 되던 아홉 살에 부모님을 따라 한국으로 건너 왔고, 그 직후 할아버지를 여의고 남의 집 머슴살이부터 시작해 평생 일만 하시다 돌아가신 분입니다. 그러나 장남으로 평생 할머니를 모시고 사셨던 효자이셨습니다.

아버지는 어떤 일이라도 자신의 힘으로 해결하고자 하는 자주정신과 독립심이 투철한 분이었습니다.

저도 아버지의 이런 정신을 물려받은 것 같습니다. 언젠가 저녁식사 자리에서 어떤 분이 제 손금을 보시고는 '이 사람은 누가 시키거나 도와줘서 되는 일은 없고 모든 일을 다 자기가 떠맡아 해결해야 직성이 풀리는 사람이다'라고 제게 말했습니다. 사실 스스로 생각해도 그렇습니다.

저의 독립심과 자주정신은 아버지에게서 물려받은 것이 확실합니다. 아버지는 어떤 어려운 일이 있어도 가족들 앞에서 이야기한 적이 없었습니다. 할머니는 그런 아버지를 두고 손자들에게 "너희 아버지가 가만히 앉아 담배를 피우고 있으면 무슨 걱정거리가 있어 그런 게다"라고 말씀하시곤 했습니다.

또 집안의 대소사와 마을의 궂은일을 도맡아 하시면서도 불평이 없으셨고, 살만해지고 나서 몹쓸 병에 걸리셨지만 자신의 처지나 팔자를 탓하지 않았습니다. 평생을 운명에 순응하시면서 산 선량한 분이었습니다. 병원에서 운명하신 아버지를 평소 당신이 원하시던 경주 시골집에 모시고 장례를 치렀습니다.

하청호 시인의 시 「아버지의 등」을 읽으며 느끼는 것은 세상의 모든 아버지가 다 저희 아버지와 같다는 생각을 했습니다.

참으로 고마운 아버지, 지금 세상의 아버지는 다 마찬가지로 자식을 위해 오늘도 헌신을 하고 있습니다.

아버지의 등에서는
늘 땀 냄새가 났다

내가 아플 때도
할머니가 돌아가셨을 때도
어머니는 눈물을 흘렸지만
아버지는 울지 않고
등에서는 땀 냄새만 났나

나는 이제야 알았다
힘들고 슬픈 일이 있어도
아버지는 속으로 운다는 것을
그 속울음이
아버지 등의 땀인 것을
땀 냄새가 속울음인 것을

– 하청호 「아버지의 등」 전문

아버지가 돌아가신 후 저는 대구를 떠날 결심을 했
습니다. 그대로 대구에 있어서는 고위 간부로 승진할

가능성이 없다는 생각을 했습니다. 그렇다고 흙수저인 나를 서울로 끌어당겨줄 배경이 있을 리 만무했습니다. 그래서 스스로의 힘으로 해결하고자 해외주재관 근무를 지원했습니다. 해외주재관은 본청 소속이고 근무를 마치고 나면 서울로 발령이 나기 때문이었습니다. 해외주재관 선발 기준의 첫째가 외국어 능력인데, 외국어에는 자신이 있었기 때문입니다.

홍콩의 깊고 푸른 밤

홍콩을 지원했고 무난히 선발되었습니다. 1995년 2월 말 홍콩 주재 대한민국 총영사관 경찰영사로 발령이 났습니다.

홍콩은 그야말로 좁고 깊은 곳입니다. 홍콩은 자유무역항이며 우리나라와 거리가 가까워 우리나라 사람들이 많이 왕래하는 곳이었습니다. 따라서 우리와 관련된 범죄도 빈발했습니다.

대표적인 사건이 경부 고속전철 로비자금 사건입

니다. 이 사건은 경부 고속철도 건설을 수주한 프랑스의 알스톰사가 150억에 달하는 로비자금을 들여와 국내의 정관계 인사들에게 뿌린 사건입니다. 저는 홍콩에 부임한 후 홍콩 경찰의 주요 부서와 친교를 위해 많이 노력했습니다. 덕분에 이 사건의 담당 부서였던 홍콩 경찰 재부조사과財富調查科 담당자가 한국과 관련된 사건이라며 나에게 첩보를 제공한 것이었습니다. 관련자의 인적사항과 금융정보가 빽빽이 적혀있는 고급 정보였습니다.

저는 당연히 한국경찰청으로 보고했습니다. 하지만 웬일인지 전혀 후속 조치가 없어 의아해 했는데, 몇 년이 지나서야 전말이 드러났습니다. 내 첩보를 받은 경찰청 외사분실에서 관련자들을 조사하면서 8,000만 원의 뇌물을 받고 사건을 내사 종결한 것이었습니다. 대검찰청 중앙수사부에서는 관련자들을 다 조사한 후 우호적 참고인으로 첩보 입수 경위 등에 대한 진술을 받기 위해 저를 불렀습니다. 덕분에 그 유명한 대검 중수부에도 들어가 보고 커피도 대접(?)받는 경험을 했지만, 쓸쓸한 기분을 떨쳐 낼 수 없었습니다. 경찰이 대형 비리 사건을 수사해 개가凱歌를 올릴 수 있었던 기회를 일부 경찰관들의 잘못으로 날려 버린 것입니다.

두 번째 사건은 율곡사업비리 주범 주모 씨의 국내 강제송환 성공 사례였습니다. 주모 씨는 율곡사업비리의 주범으로 해외로 도피하여 인터폴에 적색 수배된 상태였습니다. 필리핀에 도피 중이었다가 세상 소식이 궁금해 위조 여권으로 홍콩에 입국을 시도하다가 검거된 것이었습니다. 검거 직후 주 씨는 필리핀 여인과 결혼했음을 주장, 필리핀으로 되돌려 보내 줄 것을 요구했습니다. 저는 총영사를 모시고 홍콩 이민청장을 만나 국내 강제송환을 강력하게 요구했고, 그가 우리 정부에 끼친 피해에 대해 자세하게 설명했습니다. 결국 홍콩 정부는 주 씨를 한국으로 강제송환할 것을 결정했습니다.

이러한 사건을 통해 저는 일 잘하는 주재관으로 인식되기 시작했습니다. 서울에서 출장 오는 고위 경찰 간부들과도 친분을 쌓게 되었습니다. 그래서 저의 미래에 대해 점점 자신감을 가지기 시작했습니다.

1997년 7월 1일에 있었던 홍콩 주권의 중국 반환을 가까이서 지켜본 것도 큰 경험이 되었습니다. 홍콩에 근무하는 3년 동안 슈퍼 파워로 성장하고 있는 중국의 힘을 절감했습니다. 그래서 중국어를 배우기 시작했습니다. 그때 배운 중국어는 중국어 능력시험 HSK 최고 11등급 중 중급 정도인 7급이었지만 중국인들과의 기본적인 대화는 충분히 가능했습니다. 중국인들은 한국 외교관인 제가 중국어를 하는 것을 신기하게 여기며 좋아했습니다.

내가 여러 번 연습해 또렷해진 발음으로 '중국문화와 역사에 대해 관심이 있다(我對中國的歷史和文化有興趣)'라고 말하면 좋아했습니다. 그래서 저는 외국 사람이 그 나라의 역사와 문화에 대해 흥미를 느끼고 공부하는 것을 좋아하는 것을 알게 되었고, 다른 외국인과의 대화에서도 그 나라의 역사와 문화에 대해 공부한 것을 대화의 소재로 삼는 것이 여러모로 유용하다는 것을 깨달았습니다. 손님들과 함께 홍콩에서 가장 높은 빅토리아 Peak에 올라 홍콩의 휘황찬란한 야경을 바라볼 때가 있었는데, 지금도 그때 보았던 홍콩의 깊고 푸른 밤이 생생하게 떠오릅니다.

고난과 단련의 시절

홍콩 주재관 임기를 마치고 귀임한 후 서울종로경찰서 수사과장으로 보임되었습니다. 김대중 대통령의 당선으로 역사상 최초의 수평적 정권교체가 이루어진 직후라 갖가지 사회적 불만이 곳곳에서 터져 나왔고, 집회나 시위로 이어졌습니다. 그 주 무대는 광화문 광장 일대여서 종로서가 그 책임을 맡았기 때문에 젊은 과장인 저는 수시로 집회 대응에 동원되었고, 또 불법 시위 사범 수사를 전담해야 했습니다.

종로서 근무 당시 1998년 보궐선거에 종로에서 출마하신 노무현 전 대통령님을 잠깐 뵐 기회가 있었습니다. 소탈하고 시원시원한 성격으로 기억이 됩니다. 그때는 늘품이 없어 더 이상 친분을 쌓지 못한 것이 못내 아쉽기만 합니다.

종로서 근무를 마치고 경찰청 수사국으로 발령이 났습니다. 수사국은 전국의 수사경찰을 총지휘하는 곳입니다. 경찰은 경찰서 과장급인 경정 고참에서 경찰서장급인 총경으로 승진할 때가 가장 힘이 듭니다.

그렇지만 이 시기가 경찰 업무를 가장 체계적으로 배우는 기간입니다. 저는 총경으로 승진할 때까지 5년을 넘게 경찰청 수사국에서만 근무를 했습니다.

그때 전국 수사경찰의 수당 인상 등 처우 개선에 힘썼습니다. 그리고 검찰 파견 경찰관 복귀, 대용감방 이관, 소재수사 폐지 등 지금으로 말하면 수사권 조정의 준비 단계에 해당하는 일들을 많이 했고, 수사경찰의 전문성 향상을 위해서도 노력을 기울였습니다.

열심히 일하고 나름 인정도 받았지만 2003년 초 총경 승진에서 고배를 마시고 말았습니다. 주위에서도 다들 승진할 것이라고 생각하고 있었는데, 당사자인 저 역시 충격이 컸습니다. 경쟁자가 정치인에게 줄을 달아 승진했다는 소문이 파다했습니다.

고시 3차 탈락과 더불어 내 인생에서 맛본 두 번째 시련이었습니다. 그렇지만 저는 의연하고자 노력했습니다. 나중에 제가 잘 되면 반드시 공정한 인사를 하리라 다짐하고 또 다짐했습니다. 그리고 아무리 어려워도 시류에 영합해 저의 뜻을 굽히지는 않겠다는 각오를 다졌습니다.

그 당시 제 노트에는 『채근담』의 한 구절이 적혀

있었습니다.

天網천망은 恢恢회회하나 所而不漏소이불루라
도덕을 지키는 자는 일시 적막하나
권세에 아부하는 자는 만고에 처량하다

또 내 마음을 위로하는 듯한 신흠 선생의 시도 좋
아하게 되었습니다.

桐千年老恒藏曲 동천년노항장곡
梅一生寒不賣香 매일생한불매향
月到千虧餘本質 월도천휴여본질
柳經百別又新枝 유경백별우신지

오동나무는 천 년이 지나도 항상 곡조를 간직하고
매화는 일생 동안 춥게 살아도 향기를 팔지 않는다
달은 천 번을 이지러져도 그 본질은 남아있고
버드나무는 백 번을 꺾어도 새 가지가 올라온다

특히 두 번째 구절 '매화는 일생 동안 춥게 살아

도 향기를 팔지 않는다'는 대목이 아주 마음에 들었습니다.

이 대목이 너무 좋아 나중에 서장, 청장이 되고 나서 직원들과의 대화에 인용하기도 했습니다.

시련을 겪으면서 저는 더 단단해지고 성숙해졌습니다. 남들의 아픔을 이해하려는 마음도 생겼습니다. 그리고 그때까지 잘 나가는 후배라는 시샘만 받다가 이제는 남들의 동정도 받게 되었습니다. 인생이란 알 수 없는 것입니다. 때로는 실패하는 것이 더 큰 성공의 밑거름이 되기도 하는 것인가 봅니다.

39세에 경찰서장이 되다

2004년 1월, 저는 동기생 중 가장 빨리 경찰의 꽃이라는 총경을 달고 강원도 영월서장으로 발령이 났습니다. 강원도의 아름다운 자연과 순박한 인심을 한없이 누린 아름다운 시절이었습니다.

영월은 단종을 빼놓고는 이야기 할 수 없는 곳입니

다. 단종이 유배되어 지내던 청령포와 대왕의 넋이 어린 장릉이 있는 곳입니다. 청령포의 솔밭에서 단종의 「자규시」를 읊으며 쫓겨난 어린 임금의 애끓는 마음에 가슴 아파하기도 했습니다.

원통한 새가 되어 궁궐을 나온 후로
외로운 그림자 산중에 홀로 섰네
밤이 가고 밤이 와도 잠 못 이루고
해가 가고 해가 와도 한은 끝이 없어라
두견새 소리 그치고 조각달은 밝은데
피눈물 흘려서 지는 꽃이 붉구나
하늘도 저 하소연 듣지 못하는데
어찌 시름 젖은 내게만 들리는 고

또 단종을 호송했던 금부도사 왕방연의 시를 읽으며, 본심과는 무관하게 어쩔 수 없이 명령에 따라 움직여야 하는 사람들의 고뇌도 헤아릴 수 있었습니다.

왕방연과 같이 법을 집행해야 하는 저도 비슷한 상황에 처하면 어땠을까 하는 생각을 해 보기도 했습니다.

천만리 머나 먼 길에 고운님 여의옵고
내 마음 둘 데 없어 냇가에 앉았으니
저 물도 내 안 같아서 울어 밤길 예 놋다

영월 입구에 들어서면 '충절의 고장'이라는 큰 현판
이 사람들을 맞이합니다. 단종이 사사賜死되고 나서 아
무도 시신을 수습하는 자가 없었습니다. 그런데 영월
사람 엄흥도가 '충의를 행하다 죽어도 여한이 없다'며
아들들과 같이 단종의 시신을 수습하여 장사 지낸 것
에 대해 영월 사람들은 무한한 자부심을 가지고 있습
니다.

자연을 닮아 순박하고 충직한 영월 사람들과의 인
연은 지금까지도 이어지고 있습니다. 영월경찰서장을
마치고 저는 다시 해외 근무를 지원했습니다. 승진이
너무 빨라 선배들과의 경쟁을 피하고 경력 관리를 위
해서는 어쩔 수 없는 선택이었습니다.

대영제국의 수도에서 근무하다

이번에는 런던의 영국대사관 1등서기관 겸 영사였습니다. 해가 지지 않는 대영제국의 수도 런던은 세계적인 금융 중심지이자 유럽 최대의 도시입니다.

홍콩은 사건이 많았지만 영국은 사건이 별로 없었습니다. 사건은 대체로 폭행이나 절도 등 단순한 사건이었고 때로 강력 범죄로 우리나라 사람이 체포되는 경우가 있었습니다.

홍콩에서는 우리나라가 대접을 받지만 영국 경찰관들은 한국을 잘 몰랐습니다. 유럽의 조그만 나라들보다도 생소합니다. 더구나 범인 인도조약이나 형사사법공조조약도 체결되어 있지 않은 데다 개인의 프라이버시를 극도로 중요하게 생각하는 나라인지라 업무 수행에 어려움이 많았습니다. 더군다나 전임자가 없는 초대 경찰영사여서 그 어려움은 가중되었습니다. 결국 제게 협조할 의무가 없는 사람들을 설득하여 원하는 바를 얻어 낼 수 있어야 했습니다. 그 주요한 수단은 전화와 편지였습니다.

우선 영국의 전국 경찰관에서 전화번호부를 구해 경찰관서의 내부 체계를 파악한 다음 전화로 업무를 수행하였습니다. 가령 한국인이 구금된 맨체스터 경찰서 유치장 담당자와 통화할 때는 먼저 내가 누구인지 밝히고, 런던 날씨는 흐린데 맨체스터 날씨는 어떠냐 묻고, 어제 맨체스터 유나이티드 경기에서 뛴 박지성에 대해서는 어떻게 평가하느냐? 이런 식으로 상대방과 충분히 사전 교감한 뒤에 업무와 관련된 이야기를 꺼내는 방식이었습니다.

영국 사람들은 편지를 대단히 중요한 의사소통의 하나로 생각합니다. 예를 들어 옆집에 살던 Warren 할아버지는 자기 집 담장을 수리한다면서 바로 옆에 살던 우리에게 대면이나 전화가 아닌 편지로 그 사실을 통보할 만큼 편지는 영국인들에게 중요했습니다.

편지에는 일정한 표현형식이 있습니다. I am sorry for any inconvenience caused(불편을 끼쳐 죄송합니다). Feel free to contact me(언제든지 편하게 연락하시라) 등입니다. 그래서 저는 과외선생을 두고 영어작문을 따로 공부할 만큼 신경을 썼습니다.

우리나라 여행객들과 교민들은 해외공관에 대한 기대와 요구가 높습니다. 외국에 나와 있으면 모든 문제를 공관이 다 해결해 줄 수 있는 것처럼 생각했습니다. 그러나 해외공관의 역할과 권한은 제한되어 있는 것입니다. 특히 형사사법 분야의 국제협력은 더욱 제한되어 있었습니다. 하지만 할 수 있는 범위 내에서는 교민들과 여행자들의 요청을 최대한 들어주기 위해 노력했다고 자부합니다.

영국에서는 큰 사건은 없었지만 경찰 개혁 관련 자료 수집 요구가 많았습니다. 한국 경찰에서는 제도 개선을 위해 외국 경찰의 사례를 수집하고자 했고, 1829년 Robert Peel경에 의해 창설되어 근대 경찰의 효시로 불리는 런던경시청은 늘 그 대상이 되었습니다. 그래서 저는 이참에 영국 경찰과 사법제도를 체계적으로 공부하고 싶어 야간 대학원 과정에 입학하였습니다.

영국 5대 대학 중 하나인 King's College London의 Criminology and Criminal Justice 대학원 MA 과정이었습니다. 주경야독의 생활이었지만 그만한 보

람이 있었다고 확신합니다. 영국 경찰은 주취자에게
얻어맞을 정도로 약하지도 않았고, 그렇다고 시민을
향해 툭하면 총을 쏴댈 정도로 무섭지도 않았습니다,
역에서 내려 밤길을 걸어갈 때 저 멀리서 바비 모자를
쓴 흑인 경찰관이 'Hello' 하고 말을 걸어올 때면 저는
왠지 모를 안온감을 느끼곤 했습니다.

제가 영국에서 배운 다른 한 가지는 그들의 불요불
굴의 저항정신입니다. 그들은 두 차례에 걸친 세계대
전에서 자유세계를 지켜냈습니다. 그 때문에 영국은
지금은 쇠락했지만 지금도 영국인들은 자신들이 자유
세계의 맏형이라는 자부심을 가지고 있습니다.

Jeremy Paxman이 쓴 『English』라는 책은 영국
인들의 특성을 간파해 낸 명저입니다. 이 책의 한 장
은 제목이 「We happy the few」입니다. '소수여서 행
복한 우리' 정도로 해석할 수 있겠습니다. 여기에는
영국인들이 수적으로 열세인 상황을 극복하고 승리한
그들의 자부심이 드러나 있습니다.

하나의 예로 2차 대전 당시 영국의 국왕이었던 조
지 6세는 프랑스가 나치에게 점령당했다는 보고를 받

고, "이제 말 많은 프랑스 사람들과 다툴 일 없어 속
시원하다"라고 했다고 합니다. 이것은 영국 사람들의
유머를 나타냄과 동시에 고립무원, 열세의 형편에서
도 절대 위축되지 않는 그들의 정신력을 말해주는 것
입니다.

경무관, 치안감으로 승진가도를 달리다

2008년 8월에 영국 생활을 마치고 귀국하였습니
다. 이후 경찰청 마약지능범죄수사과장, 서울수서경
찰서장, 청와대 파견근무를 거친 후 2010년 12월에
경찰의 별이라는 경무관으로 승진했습니다. 경기경찰
청 제3부장, 행정안전부 장관 치안정책관, 경찰청 정
보심의관을 차례로 거쳤습니다.

경무관 3년이 지나고 인사철이 되자 주위에서 제
가 승진할 거라는 이야기가 흘러나왔습니다만 저는
승진을 늦추고 싶었습니다. 동기들 중 선두주자로만
가면 되는데 선배 기수 선두주자들과 경쟁하고 있었
습니다. 항상 스포트라이트를 받았지만 부담스러웠습

니다. 그대로 오래갈 수는 없었고 끝이 보이는 것 같았습니다.

그러나 세상은 마음대로 되는 게 아니었습니다. 승진하고 싶어도 승진할 수 없는 경우가 있는 것처럼 반대로 승진하고 싶지 않아도 승진해야만 하는 경우도 있는 것입니다.

그리하여 2013년 12월, 치안감으로 승진해 경찰청 정보국장을 맡게 되었습니다. 정보국장은 외견상 요직으로 보일지 몰라도 여러 가지로 부담스러운 자리였습니다. 자칫 잘못하면 정치적 중립성 또는 이념적 편향성 시비에 시달릴 수 있는 위치이기도 했습니다.

저는 정보심의관과 정보국장에 연달아 2년을 넘게 재직했습니다. 그동안 정보경찰관 윤리강령을 제정해 정보관들의 정치적 중립성을 강조했고, 국회 출입 정보관들을 전원 교체해 특정 정당과의 유착 가능성도 배제하는 등 정보 경찰의 중립성 확보를 위해 나름 노력했습니다.

최근 검찰이 강신명 전 경찰청장을 구속기소하고

이철성 전 경찰청장 등 전직 경찰 간부 여러 명을 불구속기소하였습니다. 강신명 전 청장은 구속되기 전 대구에서 우연히 만났을 때 자신의 앞날을 예감한 듯한 말씀을 하기도 했습니다. 기소된 간부들 또한 제임기를 전후하여 정보국장, 정보심의관, 치안비서관을 지낸 분들입니다. 경찰에서는 나름 엘리트로 이름이 났었는데 그렇게 되었습니다. 안타까운 일입니다.

이제 정보경찰의 개혁에 대해 심도 있는 논의를 시작할 시점이라고 생각합니다.

20년 만에 대구경찰청장으로 돌아오다

2014년 9월에 저는 대구를 떠난 지 20년 만에 고향의 치안책임자로 다시 돌아왔습니다. 말 그대로 금의환향錦衣還鄉한 셈입니다.

그러나 그동안 대구는 많이 변해 있었습니다. 도시는 활력을 잃고 쪼그라들어 있었고, 일인당 소득이 27년 동안 광역시·도 중 꼴찌를 헤매고 있었습니다. 끝없는 쇠락의 연속이었습니다.

저는 대구를 변화시키는데 대구 경찰부터 바꿔 밀알이 되고자 했습니다.

그래서 우선 보이는 것부터 바꾸기로 했습니다. 청사 내에는 과자와 담배를 파는 매점이 있었는데, 이곳을 바리스타를 고용한 현대적인 커피전문점으로 탈바꿈시켰습니다. 처음엔 장사가 될까 걱정했으나 대성공이었습니다. 직원들의 문화공간이 되기도 했고, 손님들에게는 자랑거리가 되기도 했습니다.

그다음은 경찰관들의 마인드를 바꾸기로 했습니다. 대구경찰청 직원들은 전국 16개의 지방청 중에서 자신들의 순위를 중간 정도인 7~8위로 생각하고 목표를 거기에 맞추고 있었습니다.

저는 Aim High를 외쳤습니다. "삼성라이온즈도 한 번 우승을 하게 되니 계속 우승을 하지 않았는가? 우리도 일등 한번 해보자"

그러기 위해서는 신상필벌이 확실하게 이행되어야 했습니다.

어느 조직이나 성과를 내기 위해서는 열심히 일하는 직원들에게 보상이 확실하게 주어진다는 인식이 공유되어야 합니다. 그래서 저는 특히 직원들의 사기에 가장 큰 영향을 미치는 인사의 공정성에 심혈을 기울였습니다.

또 유공 경찰관들에 대한 표창도 경찰서에 표창을 내려 주는 것이 아니라 지방경찰청 확대간부회의에서 표창을 주고, 끝나고 나서는 청장과 차를 마시며 환담을 하고 격려하기도 했습니다. 범인 검거 유공자는 직접 전화를 걸어 칭찬했습니다.

당시 대구경찰청에는 오랜 숙원사업이 있었습니다. 청사 내에 있는 경찰특공대의 독립청사를 갖는 것이었습니다. 특공대는 사격과 폭파 훈련을 해야 하고, 경찰견을 보유하고 있기 때문에 독립청사가 필수적이었는데도 대구경찰청은 17년간 무대책으로 있었습니다.

오후가 되면 먹이를 달라고 짖어대는 경찰견 때문에 고통을 호소하는 직원이 많았습니다. 저는 특공대 이전에 필요한 예산 추진을 밀어 붙였고, 결국 특공대 이전을 성사시켰습니다.

칭찬은 고래도 춤추게 한다고 했습니다. 젊은 청장

이 의욕적으로 나서니 직원들도 움직이기 시작했습니다. 재임기간과 일치하는 기간 동안 대구경찰청은 사상 최초로 치안종합성과평가에서 최고 등급인 S등급을 획득했습니다. 뿐만 아니라 2015년 초 총경 승진 인사에서 최초로 총경 4명을 배출하는 쾌거를 이뤘습니다. 직원들 사이에서 할 수 있다는 자신감이 솟아오르기 시작하는 게 느껴졌습니다.

대구경찰청장으로 가장 기억에 남는 것은 2015년 정기 국정감사입니다. 대구경찰청은 단독으로 행정안전위원회 감사를 받게 되었습니다. 그때 대구청의 최대 이슈는 당시 여당 모 국회의원의 성폭행 논란이었습니다. 경북지역의 국회의원이 대구의 모 호텔에서 여성과 성관계를 가졌고, 사후에 해당 여성이 성폭행으로 고소한 사건입니다. 대구청 성범죄수사팀이 대상자를 소환해 조사하였으나 성폭행은 아니고 자발적 의사에 의한 성관계가 분명하였습니다.

그러나 국감 때 야당 의원들은 나에게 여당 의원이라고 봐주기 수사를 한 게 아니냐며 따졌습니다. 저는 성폭행이 아니라는 증거가 많지만 아직 사법절차가 진행 중인 사안이라 국감에 공개할 수 없다고 버텼습니다. 그런데 야당 중진 한 분이 책임론을 들고 나왔습니다. 검찰에서 재수사가 진행 중인데 경찰과 다른 수사 결과가 나온다면 책임지겠느냐고 집요하게 추궁했습니다.

저는 당당해야 한다고 생각했습니다. 그래서 답변했습니다.

"저는 책임이란 말을 무겁게 받아들입니다. 그러나 의원님께서 이렇게까지 추궁하시니 답변 드리겠습니다. 예, 책임지겠습니다."

이 말로 그날의 국감은 끝났습니다. 국감에 참여하신 민주당 의원들도 나중에는 그때 나의 태도나 자세가 대단히 훌륭했다며 칭찬해 주셨습니다.

저는 부하들 앞에서 당당하고 싶었을 뿐입니다. 제복을 입은 청장이 쩔쩔매는 모습을 보여서야 되겠습니까?

대구경찰청 동료들 사이에서는 이 장면이 길이 회자되고 있다는 이야기를 들었습니다.

그렇게 세월은 흘러 1년 4개월의 대구 근무를 마치고 이임할 시기가 되었습니다. 치안감을 만 2년 달

앉으니 치안정감 승진 시기가 된 것입니다. 솔직히 저는 승진하고 싶은 마음이 없었습니다. 저는 당시 정권에서는 총수를 하기는 어렵다고 보았습니다. 무엇보다 강신명 청장이 경찰대학 출신이어서 경찰대학 출신이 연속으로 경찰 총수가 되는 것은 불가능에 가깝다고 보았습니다.

다음 정부의 초대 청장이 될 확률은 높다고 보았습니다. 새 정부가 들어서기 전에 치안정감만 달고 있으면 된다고 생각했습니다. 새 정부는 왠지 젊고 개혁적인 사람을 선택할 가능성이 높다고 보았기 때문입니다.

그러나 세상은 마음대로 흘러가지 않았습니다. 경찰고위직 인사의 가장 큰 원칙은 지역 안배입니다. 당시 대구·경북에서 저 외에는 치안정감이 될 사람이 없었나 봅니다. 그래서 저는 만 50의 나이에 경찰에서 6명밖에 없는 치안정감으로 승진했습니다.

부산경찰청장을 끝으로 경찰 옷을 벗게 되다

쿠바를 떠날 때,
누군가 나에게 이렇게 말했습니다

당신은 씨를 뿌리고도
열매를 따먹을 줄 모르는
바보 같은 혁명가라고

저는 웃으며 그에게 말했습니다

그 열매는 이미 내 것이 아닐뿐더러
난 아직 씨를 뿌려야 할 곳이 많다고
그래서 저는 행복한 혁명가라고

　저는 체 게바라를 좋아합니다. 쿠바 혁명에 성공해
존경받는 삶을 내팽개치고 자신이 꿈꾸는 세상의 실
현을 위해 볼리비아로 건너가 미완의 혁명을 위해 헌
신한 그였습니다. 그의 시 「행복한 혁명가」입니다. 경
찰을 위해 청춘을 바쳤지만 총수가 되지 못한 저의 입

장과 오버랩 됩니다.

승진 발표 며칠 전 강신명 당시 경찰청장의 전화가 왔습니다. 승진은 될 것 같으니 인천청장과 부산청장 둘 중 어디로 가겠느냐는 것이었습니다. 저는 조금도 망설이지 않고 부산을 선택했습니다. 부산이라는 항구도시를 원래 좋아하기도 했지만 대구 사람들의 자존심을 생각했었기 때문입니다. 대구 사람들은 자부심이 강합니다. 부산이 이미 훌쩍 커버렸다는 사실을 대구 사람들은 인정하지만 아직 인천까지는 인정하지 않았습니다. 인구나 경제 규모는 커졌더라도 대구보다는 아래라고 보고 있는 것입니다. 그런데 대구 출신에 대구청장을 하고 있던 사람이 승진해서 인천으로 간다면 대구 분들의 자부심에 타격을 줄 수도 있다는 생각이 들었습니다. 이것이 부산을 선택한 이유 중의 하나입니다.

부산청장으로 근무한 9개월의 시간은 한마디로 다사다난 그 자체였습니다. 내 성격은 시원시원한 부산 사람들의 성격과 딱 들어맞았습니다. 저는 부산의 여론 주도층과 만나는 자리에서 내가 TK출신

이지만 부산청장으로 있는 동안만은 부산의 시원소
주를 마시고, 야구도 롯데를 응원하겠노라고 말해
호응을 얻었습니다.

부산청장으로 부임해서도 가장 신경을 쓴 것은 역
시 인사였습니다. 원칙과 기본, 신상필벌에 충실한 인
사를 해야 조직의 사기가 올라가고 기강이 바로 섭니
다. 외압을 차단하고 그 직책에 가장 능력 있는 사람
이 와서 일해야 한다는 것은 변함없는 나의 원칙이었
습니다. 저는 그 원칙을 지켰다고 자부합니다.

저는 늘 강조했습니다. "제가 1만 부산 경찰을 잘
모실 것입니다. 여러분들은 350만 부산 시민들을 잘
모셔 주십시오." 그래서 저는 직원들의 사기와 정서에
많은 관심을 가졌습니다. 필요 없는 일로 직원들이 저
때문에 신경 쓰는 일이 없도록 각별히 주의를 기울였
습니다.

10명 단위의 소규모 그룹으로 오후 3시에 한 시간
정도의 티타임을 가지면서 직원들과 소통하기 위해서
도 노력했습니다. 이 일이 힘들었지만 예상보다 호응
은 더 좋았습니다. 직원들이 젊은 청장의 진정성을 이

해해 주는 것 같았습니다.

그렇게 저는 부산에 안착했습니다. 부산은 덥지도 않고 춥지도 않고 딱 좋은 곳입니다. 27층 관사에서 내려다보이는 수영강의 야경이 그렇게 아름다울 수 없었습니다.

그러나 부임하고 한 달 정도 지난 설날에 내 인생의 첫 위기가 찾아왔습니다. 친척들과 식사를 마치고 계단을 내려가는데 갑자기 계단이 두 개로 겹쳐 보이는 것이었습니다. 저는 깜짝 놀랐습니다. 그리고 바로 인근에서 가장 큰 병원으로 향했습니다. 뇌혈관에서 꽈리가 발견된 것입니다. 코일 색전술이라는 시술을 하기로 했습니다. 뇌를 여는 외과수술은 아니지만 잘못해서 신경을 건드리면 최악의 경우 반신불구가 될 수도 있다는 것이었습니다.

저는 신장 다낭종이라는 지병이 있었는데 그것이 뇌혈관에 영향을 미친 것입니다. 수술 전날에는 눈물이 났습니다. 열심히 살았는데 왜 이런 일이 나에게 생겼는지, 허탈하고 서글펐습니다.

"청장님 큰일 나기 전에 발견한 걸 다행으로 아이소. 터지면 즉사 내지 반신불구입니다"라는 의사의 말을 듣고 저는 다짐했습니다.

'내 운을 믿어보자. 하늘이 이런 머릿속의 폭탄을 아직까지 터뜨리지 않고 병원에 오게 한 것은 아직 나에게 할 일이 남았기 때문이겠지'

다행히 수술은 무사히 끝났고 후유증도 없었습니다. 그 후 저는 다짐하고 또 다짐했습니다. 건강하게 살아있기만 하면 그 어떤 것도 두려워하거나 걱정할 게 없다고. 수술을 마치고 일어날 수 있게 될 무렵 창밖으로 보이는 백양산의 눈 덮인 봉우리가 그렇게 아름다울 수가 없었습니다.

5일간의 입원을 마치고 다시 출근하는 날, 수영강의 잔물결이 햇살에 반짝일 때 저는 은혜로운 손길이 머리를 쓰다듬는 것 같은 따사로움과 포근함을 느꼈습니다.

그 이후 활기찬 생활을 이어나갔습니다. 직원들과 스킨십을 하고 소통했으며, 관내 행사에도 부지런히 참석했습니다. 건강에 대한 주위의 염려도 서서히 불식되어 나갔으며 차기 청장으로 다시 거론되기 시작했습니다.

그러다 뜻하지 않는 사건이 터져 나왔습니다. 학교 담당 경찰관이 여고생들과 부적절한 관계를 맺은 것이 뒤늦게 불거진 것입니다. 당시 학교폭력이 성행하자 경찰에서는 중고등학교 몇 개씩을 묶어 경찰관 1명이 담당하도록 하는 스쿨폴리스 제도를 시행했습니다. 학내 문제에 경찰이 관여하는 것은 바람직하지 못한 것인데도 여론의 압력이 거세지자 경찰이 부득이 시행한 제도인데, 그 제도의 부작용이 나타난 것입니다.

사하경찰서와 연제경찰서에 근무하는 두 명의 학교 전담 경찰관이 상담 역할을 맺은 2명의 여고생과 부적절한 관계를 맺게 된 것입니다. 둘 다 순경이었습니다. 경찰서에서는 사표를 받고 사안을 종결했습니다. 당연히 경찰서장들은 청장에게 보고하지 않았습니다. 순경들의 개인적인 일탈이니까 그에 대한 상응 조치를 한 것이고, 서장들은 청장에게 심려를 끼치고 싶지 않아 보고를 하지 않은 것입니다.

이 사건은 내부의 제보로 언론에 보도되면서 파장이 커지기 시작했습니다. 당시 우리의 잘못은 시민들의 눈높이에 맞추지 못했다는 것입니다. 우리는 그 정도 사안은 사표를 받아 경찰을 그만두게 하는 것으로 충분한 책임을 지게 한 것으로 잘못 판단한 것입니다. 그러나 국민의 시각은 우리와 완전히 달랐습니다. 사표를 내게 한 것으로는 충분치 않고 행위자 두 명에게는 형사책임을 묻게 하고, 지휘자들에게는 지휘책임을 물어야 한다는 것이었습니다.

언론이 악화되자 조직을 보호하기 위해 어쩔 수 없이 관련자들을 수사하고 서장들을 대기발령했습니다. 그리고 이 일로 언제든 책임질 생각을 했습니다. 직원들도 많이 미안해하고 있어 오히려 제가 격려를 해주었습니다. 사실 불편하고 힘든 마음을 감추고 직원들 앞에서 의연하기란 쉽지 않았습니다. 매일 아침 언론에 사건이 보도되고 중앙지 사설에서조차 부산경찰청장을 경질해야 한다는 내용이 실렸습니다. 아침에 잔뜩 실린 비난 기사를 보고 나면 기분이 몹시 나빴습니다.

그때 저는 아랫배에 힘을 주고 차이코프스키의 왈츠곡 「Euegine Onegin」 같은 활기찬 음악을 듣고 심호흡을 한 후 간부 회의에 참석하곤 했습니다. 제가 중심을 잡아야 직원들이 흔들리지 않을 것이기에 평정을 찾기 위해 무진 애를 썼습니다.

마음의 위안을 찾으러 지리산의 쌍계사와 칠불사를 다녀오기도 했고, 비 오는 날 경주의 아버지 산소에 갔었는데, 빗물인지 눈물인지 땀인지 온통 흠뻑 젖었던 기억이 납니다. 저는 아버지 산소에 엎드려 "아버지 저는 잘못한 게 없습니다"라고 말하면서 울었습니다.

무사히 지나가는가 싶던 이 사건이 결국 발목을 잡았습니다.

2016년 9월, 추석연휴가 끝나고 출근하는 첫날 오전에 인사과장의 전화를 받았습니다.

"청장님… 죄송하지만 이번 인사에서 경찰 그만두시게 되었습니다."

청천벽력같은 통보였지만 침착하려 애썼습니다. 그때 제가 뱉은 말은 '알았다'는 한마디였습니다.

저는 인사발령이 난 지 4시간 만에 부산을 떠났습니다. 3일 휴가를 내는 즉시 귀중품만 챙기고 나머지 짐은 경주 본가로 옮기도록 조치한 후 승용차를 몰고 서울로 달렸습니다. 어머니에게 경찰을 그만두게 되었다고 말씀드리니까 어머니께서는 딱 한마디 말씀하셨습니다.

"그 사람들 참 매정한 사람들이네."

평생 남에게 싫은 소리 한 번 하신 적 없는 우리 어머니의 이 한마디가 비수처럼 가슴에 와 박혔습니다.

그 뒤 시간이 어떻게 지나갔는지 모르겠습니다. 지금은 돌이켜 생각하기도 싫은 힘들고 어려운 시간이었습니다. 나이 오십에 인생의 바닥까지 내려간 것입니다. 가장 춥고 쓸쓸한 겨울이었습니다

VI
정치를
시작하다

민주당과 문재인을 선택하다

이 무렵 박근혜 전 대통령에 대한 탄핵 절차가 시
작되었습니다. 마음속으로 원망하던 사람들이 하나둘
구속되기 시작했습니다. 저는 세상의 보이지 않는 손
이 움직이고 있다고 느꼈습니다. 세상은 빠르게 변하
고 있었습니다.

2017년 초봄에 민주당의 최인호 국회의원이 찾아
왔습니다. 부산의 국회의원으로 동갑이어서 교분이

있던 분이었습니다.

"인생 2막 시작하는 거 저희와 함께 화끈하게 시작
해 보입시다."

그는 저에게 정치입문을 권했습니다.

흔쾌히 수락했습니다. 그리고 2017년 3월 8일 금
요일에 박근혜 전 대통령이 탄핵되었습니다. 때마침
꽃샘추위도 사라졌고, 저에게 새로운 인생이 펼쳐질
것 같은 예감이 들었습니다.

3월초에 부산에서 문 대통령을 만났습니다. 그는
경상도 중년 남자의 보편적 정서를 지닌 분으로 느껴
졌습니다. 북 콘서트를 하면서 의례히 하는 세러머니
를 부담스러워 하셨습니다. 저는 그때 느꼈습니다.

'아, 이분은 본래부터 정치를 할 분이 아니다. 시대
가 불러낸 것이다.'

다음 날 국제신문 1면 톱 제목은 '이상식(전 부산
경찰청장)도 문재인 캠프로'였습니다. 저는 문재인 대
통령 후보 부산지역 공동선대위원장으로 영입되었습
니다. 부산지역의 보수층을 포용하기 위한 카드였던
셈입니다. 그러나 부산에 오래 있을 수는 없었습니다.

저는 대구로 와야 했던 것입니다. 그래서 김부겸 선배에게 저를 빨리 대구로 불러 달라고 재촉했습니다.

당시 대구는 문재인 후보의 선대위가 구성되어 있지 않았습니다. 경선에서 문재인 후보가 승리하고 나서야 선대위가 구성되었고, 무대를 부산에서 대구로 옮겨 민주당 문재인 대통령 후보 대구 공동선대위원장이 되었습니다.

2017년 봄, 저는 절박했습니다. 문재인 후보 진영에 가담한 이상 문재인이 대통령이 되지 못하면 저는 이제 기업이나 로펌에 가서 월급을 받는 생활은 할 수 있을지 몰라도, 공적인 일에 종사할 수 있는 기회는 다시 주어지지 않을 것 이라는 생각이 들었습니다. 수십 년 전의 행정고시 합격 발표 당시보다 더 긴장되었습니다. 고시는 여러 번 볼 수 있지만 이런 기회는 여러 번 오는 게 아니기 때문입니다.

공식 선거운동 첫날로 기억됩니다. 2017년 4월 20일 정도라 생각됩니다. 제주에서 문재인 후보의 선거유세가 예정되어 있었는데, 그날따라 하늘이 흐리

2017년 3월 부산에서 문재인 대통령과 함께

고 바람이 많이 불었습니다. 하늘을 올려다보면서 저 양반이 제주를 무사히 다녀와야 할 텐데 하고 걱정했습니다. 그리고 한순간 웃음이 나왔습니다. 내가 지금 무슨 생각을 하고 있는 것인가? 당시 저는 그만큼 절박했습니다.

그렇게 우리는 승리했습니다. 그러자 주변에서는 제가 당장에 고위직이라도 할 것처럼 기대하는 눈치였습니다. 그래서 "저는 의병일 뿐입니다. 전쟁에 이겨 나라를 구한 것으로 족합니다."라고 지인들에게 이야기했습니다. 그리고 곽재우 장군도 전쟁에서 공을 세우고 조용히 물러나 향리에 은거하지 않았냐며, 애써 초연해 보이려 했습니다.

저는 친구들과 지인들을 찾아 전국을 유랑하면서 시간을 보냈습니다. 그러던 중 총리실에서 연락이 왔습니다. 민정실장으로 임명되었다는 것이었습니다.

이낙연 총리와의 만남 : 6개월간의 민정실장

10개월 만에 복귀한 공직은 온실처럼 포근했습니다.

민정실장은 총리의 눈과 귀이며, 총리실이 나아가야 할 방향을 제시하는 이른바 방향타의 역할을 수행하는 것이 주된 임무였습니다. 저는 경찰 재직 시 정보심의관과 정보국장을 연달아 맡았던 정보통이었으며, 그 당시 형성된 인적 네트워크가 그대로 살아있어 민정실장 역할을 수행하는 데에는 별 어려움이 없었습니다.

총리실은 정치부서이면서 각 부처의 컨트롤 타워 역할을 하기 때문에 큰 틀에서 행정부를 들여다 볼 수 있는 장점이 있었습니다.

또 제가 모시던 이낙연 총리는 여러모로 그야말로 대단한 분이어서 배울 점이 많았습니다. 이낙연 총리를 모시게 된 것은 큰 행운이고 영광이었습니다.

이낙연 총리를 모시면서 특히 인상 깊었던 두 가지가 있습니다.

첫 번째는 상처받고 고통 받는 이들에 대한 총리의 연민이었습니다. 백남기 농민 사망 1주기를 앞둔 국무회의를 총리께서 주재하시게 되었습니다. 총리께서는 모두 발언을 통해 경찰에 대해 난폭한 공권력이라는 표현을 쓰셨고, 응징이라는 말씀도 하셨습니다. 이제까지 경찰이 그 정도의 질책을 당한 것은 아마 처음인 것으로 기억됩니다. 그만큼 총리의 입장은 단호하고 엄정했습니다. 사실 당시 저는 좀 걱정이 되었습니다. 보수층에 이미지가 좋으신 총리께서 이번 건으로 보수 언론에서 트집을 잡으면 어쩌나 하는 것이었는데, 결과적으로 기우였습니다.

경찰공권력의 명백한 잘못으로 인한 한 농민의 죽음에 대한 총리의 연민과 분노에 어느 누구도 토를 달수 없었던 모양입니다. 또 성주 사드배치 때 경찰과 주민들의 마찰 과정에서 다치신 분들에 대한 총리의 배려와 관심도 각별했습니다. 다치신 주민 세 분에게 전화하는 내내 곁에서 지켜보았는데, 총리의 태도와 자세는 정말 경탄을 금치 못하게 했습니다.

상대방의 항의성 언사에도 전혀 흔들림 없이 끝까지 공손하고 예의바르게 대화를 이어가셨으며, 깍듯

하게 상대를 예우했습니다. 국가정책 집행과정에서 피해를 당한 분들에게 공직자들이 총리처럼 처신한다면 국가에 대해 원망하는 마음을 갖는 분들이 훨씬 줄어들 것이라는 생각이 들었습니다.

두 번째는 총리님의 언변입니다. 국회 대정부질문 답변 과정에서 보여준 총리의 내공은 새삼 더 말할 게 없습니다. 언론에서도 사이다 발언이라고 하여 치켜 세웠습니다. 그러나 정작 총리께서는 우리나라 정치 문화에서 언어의 품격을 한 단계 올리고자 하는 생각을 하고 계신 것 같았습니다.

하루는 식사를 하면서 노무현 전 대통령 취임사 이야기가 나왔습니다. 총리께서 직접 심혈을 기울여 작성하셨고, 당선자에게 보고했는데 피드백이 없어 몹시 초조하고 걱정을 했다는 겁니다. 그런데 막상 취임식에서 본인이 써 드린 취임사를 토씨 한 자도 틀리지 않게 그대로 읽으시더라는 것이었습니다.

저는 이 이야기를 듣고 가만히 있을 수 없었습니다. 진시황의 친부인 여불위呂不韋가 생각났습니다. 5만 자의 『여씨춘추呂氏春秋』를 완성하고 방을 붙여 한 자라도 더하거나 뺄 수 있으면 천 냥을 하사하겠다고 하였으나 누구도 그러지 못했다는 고사입니다.

총리의 무용담에 여불위 이야기로 추임새를 넣은 것입니다. 총리는 제가 아는 한 최고의 정치적 수사를 구사하는 분이었습니다.

제가 대구시장 선거 출마를 위해 공직을 그만두겠다고 말씀드리자 총리께서는 "이 실장이 언젠가는 정치를 할 줄 짐작했습니다. 선거는 모든 것을 쏟아 붓는 것입니다. 대구라고 해서 져도 본전이라는 생각은 곤란합니다. 반드시 승리하십시오."라고 격려해 주셨습니다.

대구시장에 출마했으나 경선에서 패배하다

그리하여 저는 다시 공직을 시작한 지 6개월 만에 사표를 내고 2018년 1월 22일에 대구로 내려와 바로 민주당에 입당했습니다. 이른바 정치를 시작한 것입니다.

사실 그 당시 나의 속마음은 그해 있을 지방선거에서 시장에 당선되는 것이 목표가 아니었습니다. 2020년에 있을 총선에 대비해 경험을 쌓고 인지도를 올리는 것이 솔직한 목표였습니다. 그러면서도 민주당 바람이 불면 잘하면 이길 수도 있다고 생각했습니다.

예상은 반은 적중하고 반은 틀렸습니다. 민주당 바람은 불었지만 저는 민주당 내부 경선에서 패배하고 말았던 것입니다.

제가 시장 선거를 위해 대구에 내려오자 대구 민주당 인사들은 참신한 인물이 나타났다고 반색을 했습니다. 그동안 대구지역 민주당에서는 잘 볼 수 없는, 커리어 즉 고시에 합격한 정통 관료 출신이 나타난 것입니다. 그러나 현실 정치의 벽은 높았습니다. 4월 중순에 실시한 예비후보 경선에서 저는 1차 경선에서 2위를 하고 결선투표까지 간 끝에 임대윤 후보에게 지고 말았습니다. 너무 아쉬운 패배였습니다.

권리당원 3,660명의 투표에서는 110표 차이로 이겼으나 대구시민 451명이 응한 여론조사에서 150표 차이로 진 것입니다. 신인 가산점 10%를 보태도 역

2018년 시무식에서 이낙연 총리와 함께

부족이었습니다. 상대방 후보에게는 전 노무현 대통령 사회조정비서관이라는 타이틀을 허용한 반면, 저에게는 문재인 정부 또는 이낙연 총리라는 말을 못 쓰게 하고 전 45대 국무총리 민정실장이라고만 표기하게 한 것이 결정타가 되었습니다.

45대 국무총리가 누구인지 시민들이 어떻게 알겠습니까? 민주당 선관위에서도 처음에는 모든 후보에게 노무현, 문재인이라고 표기하지 못하게 한 것을 최고위원회에서 무슨 이유에서인지 장차관과 청와대 비서관들에게는 대통령 이름을 사용할 수 있도록 번복한 것입니다. 석연찮은 부분이 있었지만 저는 깨끗하게 승복했습니다. 지방선거 승리를 위해 백의종군하리라 다짐했습니다. 패배였지만 아름다웠다고 자부합니다. 얻은 것도 있었습니다. 사실 정치를 시작한 지 불과 석 달 만에 내부 당원 투표에서 이긴 것은 대단한 것이라는 주위의 반응이었습니다.

두 차례의 방송 토론도 큰 경험이 되었습니다. 심신을 추스르고 나자 저는 백의종군하겠다는 약속을 실천하기 위해 다시 거리로 나섰습니다. 경선에 떨어진 사람이 무슨 흥이 나겠습니까만 저는 최선을 다했습니다. 커피와 샌드위치를 사들고 후보사무실을 방문했고, 후보들의 유세에 합세해 마이크를 잡았습니다. 그때 사진을 보면 죄다 볕에 그을린 깡마른 모습입니다.

2018년 지방선거에서 민주당은 대구에서도 약진했습니다. 시장과 구청장은 배출하지 못했지만 시의원과 구의원들이 대거 당선된 것입니다. 특히 수성구의회는 민주당이 제1당이 되었습니다.

선거가 끝나자 저에 대한 평가는 더 높아진 것 같았습니다. 사람들은 만약 이상식이 민주당 시장 후보로 선출되었더라면 훨씬 더 좋은 승부가 되었을 것이라며 아쉬워했습니다. 또 선거 결과에 깨끗하게 승복하였을 뿐 아니라 열심히 후보들을 도운 점도 어필이 되었던 것 같습니다. 각종 모임에서 사람들은 경선 전보다 더 반겨주었습니다.

저는 선거에 떨어지니 인기가 높아졌다며 너스레를 떨었지만 속으로는 착잡하고 아쉬웠습니다. 대구에서 민주당이 상종가를 친 이런 기회는 다시 오지 않을 것이기 때문입니다. 그러나 과거는 과거일 뿐입니다. 저에게는 또 다른 미래가 기다리고 있습니다.

새로운 출발선에 서다

군이 세상과 발맞춰 갈 필요 있나
제 보폭대로 제 호흡대로 가자
늦다고 재촉하는 이
자신 말고 누가 있었던가
눈치 보지 말고
욕심 부리지 말고 천천히 가자
사는 일이 욕심 부린다고
뜻대로 살아지나
다양한 삶의 형태가 공존하며
다양성이 존중될 때만이
아름다운 균형을 이루고
이 땅 위에서 너와 내가
아름다운 동행인으로
함께 갈 수 있지 않겠는가
그 쪽에 네가 있으므로
이쪽에 내가 선 자리가
한쪽으로 기울지 않는 것처럼
그래서 서로 귀한 사람

굳이 세상과 발맞추고
너를 따라
보폭을 빠르게 할 필요는 없다
불안해하지 말고
욕심을 타이르면서 천천히 가자
되돌릴 수 없는 순간들 앞에서
최선을 다하는 그 자체가
인생을 떳떳하게 하며 후회 없는
행복한 삶을 만드는 것이다
인생은
실패할 때 끝나는 것이 아니라
포기할 때 끝나는 것이다

영국의 시인 알프레드 테니슨의 시 「후회 없는 아름다운 삶」입니다. 이 시를 읽으면 사람이 살아가는 방법을 알 수 있습니다. 그래서 저도 자주 읽고, 권하기도 합니다.

저는 다시 새로운 도전에 나섰습니다. 원래 제가 겨냥한 것은 2020년 총선이었습니다. 이제 그 목표를 향해 뛰어야 할 시간이 된 것입니다. 2018년 7월에 민주당 지역위원장 공모에서 수성 '을' 지역을 신청했고, 무난히 선정되었습니다. 이제 자신의 꿈을 펼칠 수 있는 무대가 마련된 것입니다.

바닥을 누비다

경찰청장을 하면서 경험한 대구는 그야말로 빙산의 일각에 불과했습니다. 선거판에 뛰어든 저에게는 또 다른 세상이 펼쳐진 것입니다. 저는 주민들과 직접 대면이 가장 효과적인 방법이라고 판단했습니다. 그래서 크고 작은 행사에 무조건 참석하려고 노력했습니다. 주변 친구들도 제가 호감을 주는 인상이니 되도록 주민들과의 접촉면을 넓히라고 주문했습니다.

봉사활동은 가장 기본적인 것이었습니다. 저는 지산과 범물복지관을 중심으로 부지런히 봉사활동을 다녔습니다. 차차 면이 생기자 어르신들도 저를 알아봐 주시고 반기는 분들이 나타나기 시작했습니다. 그래서 '얼굴을 알리는 게 중요하구나' 싶었습니다. 어떤 때는 일주일 내내 바깥에서 봉사활동을 하고 점심을 해결하는 경우도 있었습니다. 아내도 봉사활동에 가세했습니다. 점점 제가 주민들 속으로 동화되어 가고 있다고 느끼게 되었습니다.

플래카드를 가장 많이 붙인 사람

플래카드도 저를 알리는 좋은 방법이었습니다. 특히 모임이나 행사에서 만날 수 없는 불특정한 대다수의 시민들을 접촉하는 효과적인 수단이었습니다. 저는 대구뿐 아니라 전국에서 플래카드를 가장 많이 붙인 지구당 위원장이라고 자부합니다.

저는 판에 박힌 문구를 싫어합니다. 그래서 저만의 언어를 보여주고 싶었습니다. 설 명절 인사로 선택한 것은 '봄은 옵니다'였습니다. 어느 날 수성시장의 상인 아주머니가 날 보더니 "'봄은 옵니다' 써 붙인 사람 아이가?" 하고 아는 체 했을 때 그 아주머니를 안아주고 싶을 정도로 고맙고 반가웠습니다. 또 수성 '을' 지역이 이상화 시인의 시 「빼앗긴 들에도 봄은 오는가」

의 모티브가 된 지역임에 착안, 일본 경제침략이 이슈
가 될 즈음에는 '빼앗긴 들에도 봄은 옵니다'라는 문구
를 선정했는데, 사람들은 귀에 쏙 들어온다며 반겼습
니다.

제 2 부

대구 사람 대구 이야기

Ⅶ
애국의
고장
대구

대구는 나라가 위기에 처할 때마다 자신을 희생해 나라를 구한 자랑스러운 도시였습니다. 저는 지금의 대구가 쇠퇴를 거듭한 나머지 과거의 위대한 정신을 잃고 혼미에 빠진 것이 너무 안타까울 따름입니다. 그래서 우리 대구의 위대하고 자랑스러운 역사를 널리 알림으로써 우리 시민들이 개안하고 각성하는데 도움이 되었으면 하는 바람입니다.

1 선비정신으로 충만했던 임진 의병

최초로 왜적과 조우한 손린 선생

선비정신에 투철하였던 조선시대 대구지역 사람들은 왜적의 침입에 맞서 분연히 일어났습니다.

대구지역에서 왜적과 가장 먼저 조우한 선비는 수성구 상동에 살고 계시던 손린孫遴(1566~1628) 선생입니다.

일본군이 팔조령을 넘은 것을 모르고 서재에서 책을 읽고 있을 때 기이한 복장을 한 왜구들이 뜰 안에 들이닥쳤습니다. 왜적들은 칼을 겨누며 노려보았으나 선생은 낯빛 하나 변하지 않고 태연히 독서를 계속하였습니다. 왜적들은 손린 선생을 한참 쳐다보다가 마침내 물러났습니다. 대열에서 이탈한 무리들이었던 것으로 추정됩니다.

손린 선생은 이때의 일을 회상한 시 「암면巖面」을 자신의 『문탄집』 첫머리에 실었습니다.

白刀環相立　흰 칼 들고 둘러서서 서로 노려보았는데
猶解讀書人　적들은 선비를 해치지 못하고 돌아섰네
恨未孫吳學　손견과 오기의 병법을 배우지 못한 것이 한
스러웠네
爲國掃腥塵　나라를 위해 더러운 먼지 쓸어버릴 수 있었
을 텐데

손린 선생은 1627년 정묘호란 때는 의병활동에 가
담했고 그 이후에는 벼슬길에 나오라는 권유를 뿌리
치고 상동에 살면서 학문과 제자 양성에 전념했습니
다. 어지러운 세상을 꼿꼿이 살다간 선비의 전형적 면
모를 보여주는 대표적인 분입니다.

선비정신을 온몸으로 : 이숙량과 전경창, 전계신

이숙량李叔樑은 대구의 선비입니다. 「어부가」를 남
긴 이현보의 아들입니다. 조선조 중종 때 우리나라 최
초의 백운동 서원이 세워지자 이숙량, 전경창 등 대구
의 선비들도 서원건립에 나섰는데, 이때 세워진 서원
이 연경硏經서원입니다.

태조가 팔공산 전투를 위해 대구지역에 왔다가 한

마을을 지나는데 집집마다 선비들의 글 읽는 소리가 들려왔다고 해서 '연경마을'이라 칭했는데 마을 이름을 따서 연경서원이라는 이름이 나온 것입니다.

임진왜란이 발발하자 이숙량은 임금이 계신 북쪽을 바라보며 통곡한 후 바로 창의를 독촉하는 격문을 띄워 의병을 모집했습니다. 그의 격문에 호응하여 스스로 의병이 된 사람 중에는 영천성 전투에서 공을 세운 17세의 소년 장수 이간李幹도 있었는데, 그는 이숙량의 제자였습니다. 이숙량은 74세의 고령에도 1592년 10월 진주성 전투에 참전했다가 진중에서 타계하였습니다. 1707년 자신이 세운 연경서원에 배향되었습니다.

이숙량과 함께 연경서원을 세운 대구 선비 전경창全慶昌은 임진왜란 이전에 세상을 떠났습니다. 그렇지만 제자들은 스승의 가르침을 실천하기 위해 적극 의병을 일으켰습니다. 1592년 7월 6일 팔공산 부인사에서 대구 선비들이 공산의진군公山義陳軍을 조직했을 때 첫 의병대장이었던 서사원, 그 뒤를 이은 손처눌, 3대 의병대장 이주, 의병장 곽재겸 등이 모두 전경창의 제자들이었습니다. 현재 수성구 파동에 있는 무동

재는 옥산 전씨 가문의 여러 선현을 모시는 재실인데 전경창 선생도 무동재에 모셔져 있습니다.

무동재에서 모시는 분들 중에는 임진왜란 때 공을 세운 전계신全繼信도 있습니다. 전경창의 집안 동생인 전계신은 임란 발발 당시 31세의 나이로 경상 좌수영 우후(정4품)였습니다. 그런데 경상 좌수사 박홍이 전투가 벌어지기도 전에 도주하는 바람에 군대가 와해되는 기막힌 처지에 놓였습니다.

박홍의 이탈 후 전계신은 창의를 결심하고 대구로 와서 의병을 일으켰습니다. 전란 중 많은 공을 세운 전계신은 종전 후에도 사절단으로 일본에 다녀오는 등 조정의 신임을 받았습니다. 후에 경상좌수사와 황해도 병사를 역임한 후 평안도 병사로 근무하던 중 병영에서 타계합니다.

전계신이 떠나자 대구의 선비들은 크게 애통해 했습니다. 그의 15년 선배 의병장 곽재겸은 훌륭한 후배를 잃은 슬픔을 다음과 같이 표현했습니다.

歷數風雲將 이력은 풍운의 장수였고

貞忠公有君 곧은 충성 그대만한 이 드물었네

講和重渡海 일본과 강화를 위하여 거듭 바다를 건너

揚武靜收氣 무용을 떨치고 나쁜 기운을 고요히 거두었네

召募能扶國 군사를 모아 능히 나라를 지탱케 하였고

屯耕以助軍 둔전을 경작하여 군량을 도왔네

嗚呼全節度 아! 전수 절도사여

位不滿酬勳 지위가 업적을 따르지 못하였네

공산의병진 총대장 손처눌

임진왜란 당시 공산의병진의 총대장으로 추대된 손처눌도 대구 유림에서 큰 신망을 얻고 있던 선비였습니다. 부인사에 본부를 둔 공신의진군은 1592년 8~9월 이후 이듬해 1월까지 왜적의 팔공산 침입을 막아냄으로써 팔공산에 피난 와 있던 대구 사람들을 안전하게 지켜냈습니다. 정유재란 때도 손처눌은 재차 의병을 일으켜 달성 등지에서 왜적을 격파하였습니다. 조정에서 벼슬을 내렸지만 그는 사양하였습니다. 전쟁이 끝나자 손처눌은 서사원, 곽재겸, 류요신, 채몽연 등 전쟁 중에 의병장으로 활동했던 선비들과 함께 연경서원 등지

에서 제자들을 가르치는데 전념했습니다. 학문과 창의
에 평생을 바쳤던 손처눌도 세상을 떠날 때가 되었습니
다. 그는 선조의 묘소를 참배한 후 자신에게 남기는 조
서를 썼습니다.

命之衰矣吾何恨　목숨 다해 가지만 내 어찌 한탄하랴
腐草人生一過音　풀이 썩듯 인생도 한 번 지나가는
　　　　　　　　 것인데
吟風弄月當年事　바람 따라 노래하고 달을 즐기며
　　　　　　　　 한때를 보냈고
生順歸寧此日忱　살아 순리 죽어 편안이
　　　　　　　　 오늘의 바람이라네
重泉師友契幽襟　스승과 벗을 만나 그윽한 마음 누리리라

　이렇듯 대구의 선비들은 수기치인과 언행일치를 학
문과 인품의 목표와 기준으로 삼았습니다. 나라가 위기
에 처하자 분연히 일어나 창의倡義를 실천하였고 명리
를 탐하지 않고 자연에 동화되어 살다 가셨습니다. 이
러한 선비정신이 우리 핏줄 속에 잦아 있다가 나라가
위기에 처하면 다시금 발현되곤 하는 것입니다. 훗날

대구가 독립투쟁과 민주화의 중심도시가 되었던 것은
근저에 선비정신이 있음을 알아야 할 것입니다.

2 항일투쟁에 앞장선 대구 사람들

구한말 최초의 의병 문석봉

문석봉은 국가보훈처 공헌록에 "일제의 명성황후
시해 이후 최초로 봉기하여 의병 활동을 전국적으로
확산시키는 데 기폭제의 역할을 한 것으로서 의병사
에 큰 의미를 갖는다"라고 기술된 인물입니다. 그러나
우리에게 선생은 잘 알려져 있지 않습니다.

문석봉은 대구 달성 현풍 사람이며 문익점의 후손
입니다. 32세 때 조운漕運 담당 관리로 있었는데 조운
선이 목포와 무안 사이를 통과할 때 백성들이 굶주려
죽어가는 것을 보고 세곡을 풀어 구제했습니다. 그 일
로 체포령이 떨어졌습니다.

그는 정읍에서 숨어 지냈고 동생이 대신 관아에 구
금되었으니 현풍 현감 어병선 등이 조정에 상소문을
올려 문석봉은 죄를 벗게 되었습니다.

문석봉은 경기도 과천군 포군장 등을 역임하던 1893년 5월에 정식으로 무과에 합격하였습니다. 그해 12월 진잠 현감이 되었고 1895년 2월 공주부 신영의 영장營將이 되었습니다.

누군가 문석봉이 일본군을 공격하려 한다고 모함하여 서울까지 끌려가 투옥되었습니다. 4개월의 감옥살이를 끝내고 풀려난 직후 명성왕후가 시해되는 비극이 일어났습니다. 문석봉은 국모의 원수를 갚기 위해 1895년 9월 18일 공주 유서에서 의병을 일으켰습니다. 송근수, 신응조 등과 함께 창의한 조선 후기 최초의 의병이었습니다.

1895년 10월 10일 문석봉은 200여 명의 군사를 이끌고 회덕현을 습격, 다수의 무기를 탈취하였습니다. 그러나 10월 28일 관찰사가 보낸 관군과 격돌했으나 대패하였습니다. 이 싸움으로 의병군은 해체되었습니다.

문석봉은 경상도로 내려와 재기를 모색하였으나 고령현감이 고변하는 바람에 11월 20일 체포되어 대구로 끌려와 옥에 갇혔습니다. 일본 공사 미우리 고로

는 조선인 관찰사에게 문석봉을 빨리 죽이라고 압박
을 가했으나 관찰사는 응하지 않았습니다. 이듬해 그
는 탈옥에 성공했습니다. 그 후 제천의 유인석 의병장
과 힘을 합쳐 재기를 모색했습니다. 그러나 이미 병이
깊어진 후였습니다. 1896년 11월 19일 46세의 나이
로 파란만장한 삶을 마감했습니다.

그에게는 독립장이 추서되었지만 달성 현풍에 있
는 그의 생거지에는 아무런 표식도 없습니다. 서글프
고 애잔한 현실입니다. 조그만 기념물 하나라도 세워
져야 구한말 최초의 의병장이라는 그의 공훈에 조금
이라도 보답하는 길이 아닐까 싶습니다.

국채보상운동을 주도한 대구

일제의 침탈이 본격화되기 시작하던 1905년 이후
나랏빚이 늘어나기 시작했습니다. 일제는 대한제국의
재정이 악화되기 시작하자 일본 돈을 갖다 쓰도록 유
도하거나 강압했습니다. 그에 따라 나라의 채무는 급
격히 증가했고 일제의 간섭과 압박은 심해졌습니다.
그 와중에 1907년 국채보상운동이 대구에서 일어났
습니다.

1907년 2월 16일 제국신문에는 다음과 같은 기사가 실렸습니다.

"국채 1,300만 원을 갚지 못하면 장차 토지라
도 허급할 것인데 지금 국고금으로는 갚지 못할 라
동포가 담배를 석 달만 끊고 그 대금 매삭每朔 매명
每名 당 20전씩만 수합하면 그 빚을 갚을 터인데…
일제히 담배 끊기 극난하다 하나… 어찌 힘 아니
드는 담배 석 달이야 못 끊을 자 어디 있으며 설
혹 사람마다 못 끊더라도 1원 부터 100원, 1,000
원 까지 낼 사람이 많으니 무엇을 근심하오 나부터
800원을 내노라"

위 기사의 주인공은 대구의 광문사 부사장 서상돈
이었습니다. 광문사 사장은 김광제였습니다. 이렇게
국채보상운동은 대구에서 시작되었습니다. 국채보상
에 대한 논의는 부산항 상무회가 먼저 발의했으나 행
동에 옮긴 것은 대구가 먼저였습니다.

당시 일제를 등에 업은 친일 관료, 대구군수 박중
양은 대구읍성을 허물었고, 일본 자본은 지역 상권을

장악해 원성이 높았던 때였습니다. 그러나 무엇보다 대구 사람들의 나라 걱정이 가장 컸다고 볼 수 있을 것입니다.

김광제와 서상돈은 국채보상운동을 주도하는 대구 국채보상담보회를 구성하고 오늘날 수창초등학교 부근에 국채지원금수합사무소를 설치했습니다. 일제는 곧바로 경찰을 통해 탄압에 나섰습니다. 보상운동을 위한 군민대회를 해산시켰고 연설자를 체포했습니다. 그러나 국채보상운동의 열기와 관심은 점점 더 높아 져갔습니다. 참여자도 상인층이 중심이었지만 부녀, 걸인, 백정, 마부, 술집 아낙, 머슴 심지어 도둑까지 도 의연義捐에 참여했습니다. 귀천이 따로 없었던 것입 니다.

대구군민들의 적극적인 선도에 영향을 받아 2월 22일 서울에서도 국채보상기성회가 설립되는 등 전국 곳곳으로 빠르게 확산되었습니다. 고종황제도 2월 27 일 "우리 국민이 국채를 보상하기 위해 단연하고 그 값을 모은다는데 짐이 담배를 피울 수 없다"며 단연 의 실천의지를 보였습니다. 그리고 영친왕의 길래吉禮 도 연기하는 등 국채보상운동에 큰 관심을 드러냈습니다.

국채보상운동은 1907년 2월에 시작되어 이듬해 4월말까지 지속되었으나 일제의 탄압 등으로 목표를 달성하는 데는 실패하였습니다.

당시 일제 통감부 오카시 시치로 경무국장은 1907년 3월 2일 이토 히로부미 통감에게 국채보상운동을 배일운동이라고 규정하면서 탄압 방침을 보고하였던 것입니다.

그러나 국채보상운동은 시국에 대한 국민들의 눈을 뜨게 하였고 국민들을 각성시켰습니다. 특히 정경주, 서채봉, 김달준 등 대구 여성들이 국채보상운동에 적극 참여하여 근대 여성운동의 효시를 열기도 하였습니다. 100원이라는 거금을 의연한 기생 앵무(본명 염농산)를 보더라도 지위고하를 막론하고 나라 걱정에 한마음이 되었다는 것을 알 수 있습니다.

이러한 국채보상운동의 정신은 거의 1세기가 지난 1998년 IMF경제위기에 즈음하여 온 국민이 참여한 금모으기 운동으로 다시 발현되었습니다. 또한 국채보상운동은 100년이 지난 2017년 10월 31일 세계기록유산으로 등재되기도 하였습니다. 또한 대구에는 2000년대 들어 공동체를 위한 기부문화도 확산되는 분위기입니다. 대구사회복지공동모금회에 따르면 성금 규모는 2013년 117억 5700만으로 100억을 돌파한 이래 2016년 159억 2017년에는 163억 7000만으로 사상 최고를 기록하는 등 증가세를 이어가고 있습니다. 이렇듯 대구 사람들의 공동체 정신과 나라 사랑은 시간이 지나도 계속되고 있습니다.

1910년대 가장 투쟁적인 항일운동단체 대한광복회

1915년 8월 25일 대구 달성공원에서 대한광복회라는 항일 비밀단체가 결성되었습니다. 대한광복회는 1910년대 활동한 항일단체 가운데 가장 투쟁적인 단체였던 것으로 평가받고 있습니다. 문재인 대통령도 대구에서 개최된 71주년 국군의 날 기념식에서 대한광복회의 공로에 대해 말씀하신 바 있습니다.

대한 독립회는 두 줄기의 독립운동 세력이 만난 것인데, 한 줄기는 1913년 풍기에서 채기중을 비롯한 의병 출신 인사들이 조직한 광복단이고, 다른 한 줄기는 1915년에 대구 안일암에서 조직된 조선국권회복단 가운데 박상진을 비롯한 강경노선의 인사들이었습니다. 광복단은 왕조사회를 지향하는 근왕주의적 보수성과 무력항쟁을 추구하는 투쟁방법을, 조선국권회복단은 공화주의라는 진보성과 계몽운동이라는 점진적인 방법의 서로 다른 정치이념과 투쟁노선이 이념은 공화주의로, 투쟁방법은 무장항쟁을 선택한 것입니다. 광복단의 중심인물은 채기중이었고 조선국권회복단의 핵심은 박상진이었는데 이들의 인적 교류가 두 단체의 결합을 가져왔습니다.

대한 광복회는 총사령은 박상진입니다. 그는 한학을 공부하던 선비였는데 왕산 허위 선생의 제자였습니다. 스승의 의병활동을 지켜보며 항일 독립투쟁에 나섰습니다.

그는 1904년부터는 왜적을 물리치기 위해 무기를 구하러 중국 천진으로 가 애국지사를 사귀고 일월산 의병대장 신돌석과도 친교하였습니다. 그는 1908년 스승 허위가 순국하자 스승의 시신을 거두어 장례를 지내는 한편 같은 해 양정의숙을 졸업하고 판사시험에 합격해 평양재판소로 발령받았습니다. 그러나 부임하지 않고 1912년 대구에서 무역업을 한다는 구실

로 대구 약령시장에 상덕태상회를 설립해 독립운동에
나섰습니다.

광복회는 '우리는 나라의 독립을 위해 이 한 몸을
바침은 물론 우리의 일생에서 이루지 못하면 자자손
손 이어 내려가며 불공대천의 원수 일본을 완전히 물
리치고 광복하기까지 절대 변치 않고 오직 한마음으
로 싸울 것을 천지신명에게 경고警告한다'고 하였습니
다. 그리고 독립투쟁의 기본방침을 다음 일곱 가지로
정했습니다.

①무력준비 : 일반 부호의 의연과 일본인이 불법 징수
　　　　　　한 세금을 압수하여 이로써 무장을 준
　　　　　　비한다.
②무력양성 : 남북 만주에 군관학교를 세워 인재를 길
　　　　　　러 사관으로 채용한다.
③군인양성 : 우리나라 의병과 해산당한 군인, 만주
　　　　　　거주의 동포를 무장, 훈련시킨다.
④무기구입 : 중국, 러시아로부터 무기를 구입한다.
⑤기관설치 : 대한, 만주, 북경, 상해 등 요처에 기관

을 설치하되, 대구의 상덕태상회에 본부를 두고 각지에 지점과 여관 또는 광업소를 두고 이를 대한 광복회의 군사 행동의 집회 왕래 등 일체 연락기관으로 한다.

⑥행형부 : 일본의 고등관과 친일반역분자는 수시 수처 총살한다.

⑦무력전 : 무력이 완비되는 대로 일본인 섬멸전을 단행하여 최후 목적을 완수한다.

대한광복회는 대구권총사건, 친일파 장승원 처단, 우편마차 습격 등 치열한 항일투쟁을 펼쳤습니다.

대구권총사건

광복회에서 독립군 자금을 모으기 위해 대구의 부호들에게 요구했으나 거절당하자 1916년 9월 4일 밤 광복회원 김진우 등 5명이 대구 3대 부호의 한 사람인 서우순의 집에 갔습니다. 서우순이 놀라 소리쳤고 집사가 길을 막자 김진우가 권총을 발사하고 달아난 사건입니다.

일경의 수사에 의해 관련자 9명이 구속되었습니다. 김진우는 징역 12년, 김진만, 정운일, 최병규는 징역 10년을 받았습니다. 5명은 4개월~2년형을 선고받았습니다. 총사령 박상진도 연루자로 드러나 6개월형을 받았습니다. 다행히 광복회의 조직적 연루는 밝혀지지 않았습니다.

친일파 장승원과 박용하 처단

장승원은 한말 칠곡군수에서 경상도관찰사로 임명되는 과정에서 당시 평리원장이던 왕산 허위 선생의 도움을 받았습니다. 그러나 나중에 허위 선생이 의병을 일으킬 때 허위의 말을 듣지 않았을 뿐만 아니라 허위를 일제에 밀고하였습니다.

서대문 형무소에서 처형된 스승 허위 선생을 장례를 지낸 광복회 사령 박상진은 장승원 처단을 결심했습니다. 장승원은 경북 왜관 사람 김요현의 처 이성녀를 때려 죽게 하고도 의사를 매수해 병사로 검안하게 하는 등 악행을 저지른 인물입니다.

박승원은 광복단 채기중 등에게 임무를 맡겼고 이들은 1917년 11월 10일 장승원을 권총으로 처단했습니다. 그리고 장승원의 집에 다음과 같은 격문을 붙였습니다.

외치는 바는 광복이라   日維光復
하늘과 땅의 도리에 일치된다   天人合符
너의 큰 죄를 꾸짖고   聲此大罪
우리 동포에게 경고를 주노라   戒我同胞

— 꾸짖고 경고하는 자 광복회 (聲戒人 光復會)

1918년 1월 14일에는 충남 아산의 도고면장으로 악질 친일관료였던 박용하가 광복회원 김경태와 임봉주가 쏜 권총을 맞고 사살됐습니다.

우편마차 습격

1915년 11월 17일 광복회는 경주, 영덕, 영일에서 거둔 세금을 싣고 대구로 가던 우편마차를 습격해 8,700원을 빼앗았습니다. 광복회의 권영만과 우재룡이 벌인 이 사건은 일제가 밝혀내지 못했습니다. 완벽하게 성공한 거사였습니다.

운산금광 현금 수송마차 공격

대한광복회 부사령이자 만주사령관인 이석대 등은 평북 운산군 운산금광회사가 경의선 맹중리역에서 금괴와 현금을 교환해 오는 것을 파악하고 평양으로부터 운산으로 들어오던 송금마차를 공격했으나 거센 반격으로 실패하였습니다. 이 과정에서 금광지배인의 동생인 미국인과 호위 순사 등 총 6명이 사망하였습니다.

대한광복회의 중심인물로 활동하던 그는 1918년 2월 1일 장승원과 박용하 처단사건을 수사하던 일경은 총사령 박상진을 체포하였고, 1921년 8월 11일 대구형무소에서 사형이 집행되어 순국하였습니다. 김한종, 채기중, 김경태, 강순칠도 사형이 집행되었으며 장두환은 사형에서 10년형으로 감형되었으나 마포형무소에서 옥사하였습니다. 박상진은 처형 전 다음과 같은 절명시를 남겼습니다.

다시 태어나기 어려운 이 세상 　　難復生此世上

다행히 남자 몸 되었건만 　　幸得爲男子身

무엇하나 이루지 못하고 가나니 　無一事成功去

청산이 비웃고 녹수가 꾸짖는구나 靑山嘲綠水嗔

　대한광복회의 또 다른 중심인물 우재룡은 대한제
국 군대에 입대하여 대구 남영의 군인으로 생활하다
1907년 의병이던 산남의진에 합류하여 군사들의 훈
련을 책임지는 연습장이 되었습니다. 1909년 일본군
에게 체포되어 종신형을 받았으나 경술국치 뒤 특사
로 석방된 후 대한광복회의 지휘장을 맡았습니다. 그
후 독립군 자금 조달의 중심인물로 활약해 오다 체포
되어 1922년 무기징역을 선고받았으나 1937년 감형
되어 석방되었습니다. 그러나 해방 이후 오히려 일제
에 부역했던 한인 경찰에 의해 탄압을 피해 숨어 살아
야 했고 가족을 돌보지 못해 처와 딸이 병고로 세상을
떠나는 슬픔을 겪어야 했습니다.

　최근에 대한광복회 총사령 박상진 의사가 제 고
향 경주 외동 분이라는 걸 알게 되었고 우재룡 선생

의 아드님과 인사할 기회도 갖게 되었습니다. 두 분
모두 나라를 위해 일신의 안위를 돌보지 않은 위국
헌신의 표상 같은 분들이어서 더욱 고개가 숙여질
따름입니다.

대구의 3.1 운동

대구 3.1 운동을 위해 적극 나선 인물은 민족대표
33인의 한 사람인 이갑성입니다. 그는 독립선언 민족
대표 진영의 대구·경북 연락 책임자였습니다. 2월 24
대구로 내려온 이갑성은 기독계의 지도자 이만집 목
사, 계성학교 교감이자 신정교회 장로였던 김영서, 남
산교회 김태련 조사 등과 거사를 도모했습니다.

3월 8일 정오를 지나자 계성학교 학생, 대구고보
학생 등 1,000여 명이 운집했습니다. 김태련은 독립
선언서를 낭독하였고 이만집은 독립만세 구호로 군
중들의 합창을 이끌어 냈습니다. 선두에는 이만집,
김태련, 김영서, 최경학, 이태학, 박제원 등이 나섰
습니다.

가두행진 대열은 시내 대구경찰서(현 중부경찰서)

로 행진하다 만경관으로 방향을 틀어 종로 쪽인 경정
통으로 가며 약전골목 내남한의원 네거리에 도착했습
니다. 이때 양화방에서 직공으로 일하던 강학봉이 제
화공들을 이끌고 합세해 군중 사기를 높였습니다. 시
위대는 다시 방향을 틀어 중앙파출소 앞을 지나 달성
군청(현 대구백화점 인근)에 이르렀습니다. 시위대
를 기다린 것은 총칼로 무장한 대구헌병대 소속의 헌
병들과 보병 제80연대 소속의 일본군이었습니다. 이
들은 비무장 시위대를 무자비하고 가혹하게 진압하
기 시작했습니다. 시위 진압 과정에서 김태련이 일경
으로부터 폭행을 당하자 계성학교 학생이던 아들 김
용해가 항의하였고 일본 군경이 김용해를 구타했습니
다. 그리고는 하수구 도랑에 처넣고 마구 짓밟은 뒤
대구경찰서로 끌고 갔습니다. 가혹한 고문 끝에 3월
27일 가출옥하였으나 이틀 후인 3월 29일 사망하였
습니다. 옥중에서 아들의 사망을 전해들은 아버지 김
태련은 2년 6개월간의 고통스런 옥살이를 마치고 석
방되자 3월 8일 만세운동의 희생자가 된 외아들의 묘
비를 세웠습니다. 남산교회도 2014년 교회설립 100
주년을 기념해 이만집 목사, 김태련과 그의 아들 김용

해, 백남채 장로의 인물 부조를 새겼고, 김용해의 묘
비에 새긴 글은 다음과 같습니다.

기미 3월이여
흘러넘친 의로운 피
아비의 아픈 품삯으로
아침 해 바라보며 이 돌을 세운다

3.8일의 만세운동으로 157명이 체포되었고 67명
이 기소되어 대구지방법원에서 징역 6월~3년의 실형
을 받았으며 2명은 집행유예 3년을 받았습니다.

3월 10일 남문 밖 시장에서 2차 만세 시위가 발생
하였습니다. 1차 시위에서 검거되지 않고 무사했던
김영서 등이 주도했습니다.

그날은 남문 밖 시장에서 장이 서는 날이었습니다.
이날도 계성학교와 대구고보 학생들이 주동이 되었습
니다. 오후 4시 무렵 200여 명의 학생과 군중들이 태
극기를 휘날리며 독립만세를 외쳤습니다. 일제 경찰
은 다시 강제진압에 나서 65명을 체포했습니다. 이중

9명이 기소되어 징역 6월~1년의 형을 받았습니다.

세 번째 만세운동은 3월 30일에 일어났습니다. 대구에서 만세시위가 격화되자 일제 당국은 계성학교, 대구고보, 신명여학교 등 세 학교에 3월 10일부로 휴교령을 내렸고, 일본군 제 80연대의 경계는 더욱 강화되었습니다. 이번에는 팔공산 동화사 소속 지방학림 학생들이 주도하였습니다. 서울의 만세시위에 참가한 뒤 팔공산 고향으로 내려와 있던 불교 중앙학교 학생 윤학조는 동화사 부속학교인 지방학림 학생 김문옥, 권창학 등과 독립운동을 준비했습니다. 당초 공산면 백안장터로 계획했다가 남문 밖 시장으로 장소를 바꾸었습니다. 3월 30일 오후 4시 2,000여 명이 사람들이 운집했고 곧바로 독립만세를 부르기 시작했습니다.

출동한 일본 군경은 9명을 체포하였으며 이들은 모두 동화사 지방학림 학생들이었으며 전원 기소되어 모두 10개월 형을 선고받았습니다.

3 폭정과 부패에 항거한 민주화의 선구도시

야도 대구野都 大邱

대구는 해방 이후부터 박정희가 처음 당선된 1963
년 10월 15일 제5대 대통령선거 이전까지 거의 모든
선거에서 야당이 압승한 야당의 도시였습니다.

1948년 5월 10일 초대 국회의원 선거에서는 3석
모두 여당인 한민당이 차지했으나 1950년 5월 30일
제2대 국회의원 선거에서는 3석 중 2석을 무소속(박
성하, 이갑성)에서 차지하였고, 1954년 5월 20일 제
3대 국회의원 선거에서는 3석 중 2석을 야당인 민국
당(서동진, 조병옥)이 차지하였으며 나머지 1석도 무
소속 후보(이우출)가 당선되었습니다.

특히, 1956년 5월 15일 제3대 대통령선거에서는
자유당의 이승만이 당선되기는 하였으나 대구에서는
조봉암이 101,120표를 얻어 38,816표에 그친 이승
만을 압도하였습니다.

1958년 4월 2일 제4대 국회의원 선거에서도 이러
한 대구의 야성은 계속되어 총 6석 중 야당인 민주당

3석(이병하, 조재천, 조일환) 무소속 2석(신도환, 이우출)을 배출했습니다.

또한 1958년 10월 2일 실시된 최초의 대구시장 직선 선거에서도 야당인 민주당 조준영이 압도적인 표차로 당선된 것입니다.

부정선거가 극에 달한 1960년 3월 15일 정부통령 선거에서도 전국에서는 이기붕 부통령 당선자가 79%의 득표를 보인데 비해 대구에서는 이기붕 후보와 장면 후보가 141,858표 : 111,336표로 야당 도시의 면모를 보였습니다.

4.19 혁명으로 자유당 정권이 붕괴되고 치른 1960년 7월 29일 제5대 국회의원 선거에서도 민주당은 대구의 4석을 모두 석권하였습니다.

그러나 5.16 군사쿠데타 이후 박정희가 후보로 나선 1963년 10월 15일, 제5대 대통령선거 이후 대구지역의 분위기는 급변하기 시작했습니다.

대구에서 박정희 후보는 133,455표를 얻었으며 야당의 윤보선 후보는 114,664표를 얻었습니다. 이때만 해도 대구지역의 야성은 유지되고 있었습니다.

그러나 1963년 11월 26일 치르진 제6대 국회의
원 선거에서 대구는 4개 선거구 모두 여당이 당선되
어 여당 도시로 바뀌었습니다. 그 이후 대구는 몇 번
의 예외적인 경우를 제외하고는 대부분의 선거에서
지금의 자유 한국당의 전신인 보수정당들에게 압도적
인 승리를 가져다 준 보수의 심장이 되고 말았습니다.

2.28 민주화의거

2.28 학생의거는 우리나라 정치사에서 중요한 의
미를 갖습니다. 2.28은 4.19를 촉발시킨 마중물의 역
할을 하면서 이승만 정부의 종말을 가져와 우리나라
민주화의 밑거름이 되었습니다.

1956년 제4대 부통령선거에서 자유당은 민주당에
게 패배하였습니다. 고령인 이승만 대통령의 계승권
이 민주당에게 있었기 때문에 자유당은 1960년 5대
부통령선거에서 필승을 위한 대책을 강구하기에 이르
렀습니다. 민주당 대통령 후보였던 조병옥 박사가 갑
작스럽게 사망하여 대통령 선거는 이미 이승만의 승
리로 굳어졌으나 고령인 이승만이 4년을 지탱할지가

의문이었던 것입니다.

　이러한 와중에 1960년 2월 28일 민주당 부통령인 장면 후보의 유세가 예정되어 있었습니다. 장면 후보는 4년 전 선거에서 자유당의 온갖 방해에도 불구하고 대구에서의 압도적 지지로 부통령에 당선된 바 있었습니다. 이날 유세에 학생들이 참여하지 못하도록 자유당의 지시가 내려지자 일부 학교에서는 일요일임에도 학생들의 등교를 명하였습니다.

경북고는 1학기 중간시험 일정을 변경하였고, 대구고등학교는 토끼사냥 명목, 대구상고, 대구공고 등은 운동회, 졸업식 연습 등 갖가지 명목으로 일요일 등교를 명하였던 것입니다.

학생들은 이러한 학교 당국의 처사에 불만을 품게 되었습니다. 27일 토요일 수업을 마치고 귀가한 경북고등학교 학생 대표들은 학원 탄압에 항의하는 데모를 감행할 것을 결의하고 다른 학교와 연대하였습니다. 28일 아침 경북고 학생들은 학교 당국의 만류를 무릅쓰고 사전에 준비한 결의문을 낭독한 후 자신들의 뜻을 사회에 알리고 집권자들의 반성을 촉구하는 의미의 가두시위에 들어갔던 것입니다.

"백 만 학도여, 피가 있거든 우리의 신성한 권리를 위하여 서슴지 말고 일어서라 학도들의 붉은 피가 지금 이 순간에도 뛰놀고 있으며, 정의에 배반되는 불의를 처부수기 위해 이 목숨 다할 때까지 투쟁하는 것이 우리의 기백이며, 정의감에 입각한 이성의 호소인 것이다"

— 경북고 대표 이대우 학생이 읽은 결의문 일부

700여 명의 학생들이 '횃불을 밝혀라', '동방의 아들아'라는 구호를 외치며 중앙통을 거쳐 도청사에 밀어닥쳤습니다. 대구고교 학생들은 한때 교직원의 제지로 인하여 행동에 옮기지 못하고 있다가 28일 오후에 기어코 교문을 박차고 나왔습니다. 그날 오후 7시경에는 사대부고 학생들이 산발적인 가두시위를 벌여 대구 시내는 흥분된 상태가 고조되고 있었습니다.

이날 학생 데모는 당일로 경찰력에 의해 저지되고 말았지만, 이날 대구 학생들의 의거는 마침내 자유당 독재정권을 무너뜨린 4.19의 진앙이 되었던 것입니다. 관권의 억압으로 일반 시민들로서는 생각하기도 어려운 여건이었는데도, 정의감에 불타는 어린 학생들이 자유당 독재 권력에 항거하는 횃불을 맨 먼저 치켜 올림으로써 기성인들의 각성을 촉구하는 기폭제가 되었던 것입니다.

이승만 독재에 움츠렸던 언론들은 고등학생들의 용기에 힘을 얻어 '2.28 대구학생의거'를 대대적으로 보도하게 되었고, 시위는 3.15 마산의거, 4.19 혁명으로 이어지면서 마침내는 이승만 대통령의 하야까지 이끌어 내게 되었던 것입니다.

뒤에 알게 되었지만 당시 경북고 학생들이 어린 나이에 의거를 도모하면서 걱정과 고뇌가 많았지만 누군가 당시 유행하던 노래 「유정천리」를 부르며 뜻을 이루지 못하면 산골에 가서 농사나 지으며 살면 될 것 아니냐고 이야기해 다들 용기를 얻었다는 후일담이 있습니다.

가련다 떠나련다 어린 아들 손을 잡고

감자 심고 수수 심는 두메산골 내 고향에

못 살아도 나는 좋아 외로워도 나는 좋아

눈물어린 보따리에 황혼 빛이 젖어 드네

Ⅷ
존경하는
대구·경북의
인물들

왕산 허위 가문

　한말의 대표적 의병장 허위는 1854년 경북 구미에서 네 형제 중 막내로 태어났습니다. 허위는 형제 중에서 경륜이 가장 두드러진 인물로 한말 의병전쟁에서 대표적인 인물이었습니다. 1881년 아버지를 여읜 뒤 10여 년 동안 학문에 전념하였고 후배들을 가르치는 데도 힘을 쏟았습니다. 허위는 전통적인 유생으로 인간적인 포부와 경륜이 뛰어난 인물이었습니다. 허위는 경학보다는 병서를 좋아하여 실용주의에 기울어 있었습니다.

만형 허훈과 함께 1894년 동학농민항쟁을 피하여 청송 진보로 은거해 있던 허위는 그 이듬해 명성황후 시해와 단발령 공포의 소식을 듣고 1896년 1월 20일 안동에서 을미의병을 창의하였습니다. 그 이후 김산 의진金山義陣을 조직해 의병활동을 벌이다 고종의 의병 해산 조칙을 맞아 군대를 해산하였습니다.

을미의병 해산 이후 은거하던 허위는 1899년 2월 신기선의 천거로 상경하여 고종을 친견한 후 원구단 참봉을 시작으로 성균관 박사, 의정부참찬 등 여러 관직을 역임하였고 1905년 비서원승이 되었습니다.

1905년 러일전쟁이 발발하고 한일의정서 조인 후 일본의 침략이 한층 가중되자 허위는 일본 침략을 고발하고 항의하는 언론투쟁을 전개하고 격문을 붙이는 등 반일 활동을 벌였으나 와중에 일제 헌병대에 검거되어 4개월간 구금 뒤 귀향 조치 당하였습니다.

1905년 11월 을사늑약 강제 체결 소식을 들은 허

위는 본격적인 의병활동을 계획하여 강원도, 충청도, 경상도, 전라도 일대의 의병장들과 모의하였습니다.

1907년 고종 강제 퇴위와 군대 해산 이후 허위는 경기도 연천에서 거병하였습니다. 당시 허위의 주 활동 무대는 경기도와 강원도였습니다. 1907년 12월 경기도 양주에 총집결한 전국 의병장들은 통합부대인 13도 창의대진소를 성립시키고 관동의병장 이인영을 총대장, 허위를 군사장으로 추대하였습니다.

의병들은 즉시 서울 진공 작전에 돌입하였고 허위의 선발대 300명은 서울 동대문 30리 지점까지 진격하였습니다. 그러나 일본군의 선제공격과 후속 부대와의 연락단절로 패퇴하였으며 더욱이 이인영은 부친상을 당하여 모든 것을 허위에게 맡기고 귀가하였습니다. 1908년 2월 허위는 의병을 수습하여 임진강의병연합부대를 편성하여 유격전으로 일본군을 공격하였습니다.

그러나 1908년 6월 11일 경기도 포천에서 체포된 허위는 9월 18일 사형선고를 받고 10월 21일 순국하였습니다. 평생 구국의 일념을 견지하고 항일투쟁으로 일관했던 위대한 삶이었습니다. 그는 세상을 떠나면서 다음과 같은 절명시를 남겼습니다.

아버지 장례도 못 해드리고   父葬未成

국권도 회복하지 못했으니   國權未復

충성도 효도도 못 했구나   不忠不孝

죽어서도 눈을 감지 못하겠구나   死何瞑目

　허형식은 허위의 사촌인 허필의 차남으로 허위의
종질입니다. 1909년생인 그는 1915년 가족들과 함
께 만주로 이주하여 통화현에서 허위 유족과 합류하
여 살았습니다. 허형식은 1929년부터 조선공산당 만
주총국에서 활동하였습니다. 북만주의 한인 농민들을
상대로 대중사업을 전개하였고 1930년 5월 1일 '붉은
5월 투쟁'에 참가하여 하얼빈 일본 총영사관을 습격하
였습니다.
　대중운동을 주도한 혐의로 중국 공안당국에 체포
되었다 구출되기도 하였습니다. 1932년과 이듬해 항
일유격대 창건을 주도하였고, 1934년 6월 동북반일
유격대 합동지대 제3대대장이 되면서부터는 이희산이
라는 가명을 썼습니다. 1935년 당세의 확대와 유격구

의 확장에 힘입어 합동지대는 동북인민혁명군으로 발전하였습니다.

허형식은 동북인민혁명군의 여러 보직을 역임하였으며 일본군 토벌대와 격전을 벌여 큰 승전을 거두었습니다. 1939년부터는 동북항일연군 제3로군을 이끌게 되었습니다. 1941년 이후 일제의 대대적인 토벌로 북만주에서의 항일 무장 투쟁이 거의 불가능하게 되자 대부분의 항일연군들이 러시아로 월경하였는데 반해 허형식은 제3로군을 이끌고 유격전을 전개하였습니다. 그러던 중 1941년 8월 3일 경성현 청풍령에서 토벌대에 포위되어 격전을 벌이다가 장렬히 전사하였습니다. 그의 나이 불과 33세였습니다. 그는 이육사 시인의 시 「광야」에 나오는 '백마를 타고 온 초인'의 모티브를 제공한 사람으로 일컬어지고 있습니다.

이처럼 허위가 순국한 뒤에도 만주로 망명한 허위 문중은 국내외를 통하여 조국 광복에 헌신하였습니다. 특히 같은 세대인 허겸, 허형, 허필은 북만주 이역 하늘 아래 뼈를 묻었습니다. 허위의 아들 허학은 카자흐스탄에서 사망하는 등 아들 세대는 만주와 노령을 전전하며 독립운동에 일생을 바쳤고, 허위 가문

대대로 쌓아올린 명문의 전통과 영화를 구한말과 일제강점기에 민족을 위해 바쳤습니다. 이들의 이야기는 청사에 길이 남을 것입니다.

저는 허위 선생과 그 가문에 대해 깊이 알지 못했습니다. 대구에 와서 민주당 사람들과의 대화 속에서 허위 선생과 그 가문이 대구에서 얼마나 크게 자리매김하고 있는지 알게 되었습니다. 그 점에서는 조금 부끄럽기도 합니다. 지난가을 구미에 있던 왕산 선생 기념관에 가서 왕산 선생 묘소에 참배하고 왔습니다. 그간의 죄스러움과 부끄러움이 조금이나마 가신 느낌입니다.

이상화·이상정 형제

이상화 시인은 역사적 시련기에 태어나 민족 수난기에 생을 마감한 시인입니다. 또 철저한 신념과 의지를 바탕으로 한 생애와 시의 기저에 이르는 항일의식은 그 시대의 시사에서 매우 값진 것이라는 평가를 받았습니다.

상화 시인의 민족시는 시대 분위기와 함께 직접 독립운동에 나서면서 겪은 일제의 감시와 탄압의 산물이기도 했습니다. 그의 항일 투쟁은 3.1 만세운동부터 시작되었습니다. 대구 3.8 만세 시위를 위해 백기만 등 대구고보 학생들과 주동이 되어 거사를 모의하였고, 거사 이후 서울의 친구 하숙집으로 피신했습니다.

1922년 프랑스 유학을 포기하고 일본에서 공부를 시작한 이상화는 1923년 관동대지진 때 수많은 한국인들이 억울하게 학살당하는 것을 목격하였습니다. 일본의 잔인성을 체험하고 절망적인 분노를 간직한 채 귀국한 이상화는 1926년 마침내 「빼앗긴 들에도 봄은 오는가」를 잡지 《개벽》에 발표하여 비상한 관심을 끌었습니다. 이상화는 또 1927년 대구출신 의열단 이종암 사건에 연루되어 구금되기도 하였고, 1936년에는 중국에서 독립운동을 하던 친형 이상정을 만나고 돌아온 것이 빌미가 되어 구금되기도 하였습니다.

1939년에는 교남학교 교사로 근무하며 작사한 교가의 가사가 문제되어 가택수사를 당하고 시 원고까지 압수 당하는 수난을 겪었습니다. 1943년 4월 위암으로 사망할 때까지 이상화의 일생은 항일정신으로

왕산 허위 선생 묘소에 참배

무장된 지사의 삶이었습니다.

이상정은 이상화 시인의 친형입니다. 대구에서 태어나 큰아버지가 운영하던 우현서루에 다니며 학문을 익혔고 일본에서 유학 후 귀국하여 대구 계성학교, 대구 신명여학교, 경성 경신학교, 평북 정주 오산학교, 평양 광성고보에서 학생들을 가르쳤습니다.

1925년 대구에서 조직된 사회주의 성격의 단체인 용진단의 위원장을 맡았습니다. 그해 4월 용진단 위원인 서상욱이 서울 종로에서 적기를 흔들며 만세를 부른 이른바 적기사건에 연루되어서 대구경찰서에 체포되기도 하였습니다.

그는 1925년 5월경 중국으로 망명하였는데 그 배경은 손문의 삼민주의에 대한 공감으로 알려지고 있습니다. 이상정은 동북지방 민족교육에 참여하기도 하고 하북성 장가구 등에서 기독군벌 풍옥상과 함께 독립운동을 펼쳤습니다. 그 와중에 풍옥상 부대 항공대에서 근무하던 여성 독립운동가 권기옥과 결혼했으며 이들은 광복 때까지 줄곧 함께 독립운동을 펼쳤습니다.

이상정은 중국 현지 군벌 및 항일세력과 밀접한 관련을 맺는데 광동정부의 항공대 통역관 활동, 국민정부군 사단 훈련처 책임자 배속, 남창항공협진회 위원 역임, 국민정부의 중경시절 상교 임관과 육군참모학교 교관, 화중군사령부 막료 겸직 등등 다양한 활동을 펼쳤습니다.

또한 이상정은 임시정부 활동을 통해서는 한민족에 대한 자부와 자존을 크게 강조하였습니다. 그 예로 그가 1940년 9월 한국광복군을 창설한 이후 중국 측의 강요로 체결된 한국광복군행동 9개 준승을 취소한 것입니다. 일본군 탈주 한국 국적 병사에 대한 편향된 처우 금지, 일본식 용어를 지양하고 우리말 사용 강조 등이 있습니다.

이상정은 또한 임시정부 내 각 독립운동 정파의 연합과 통합에도 신경을 썼습니다. 당시 임시정부 내 여당이라고 볼 수 있는 한국독립당에 대항하여 신한민주당 창당에 참여하였으며 임시정부와 임시의정원의 개혁, 독립운동자 대표대회 소집 등을 주장하였습니다.

이상정은 독립운동에 있어서 한중 유대에도 공헌

하였습니다. 국민당 정부의 첩보조직인 남의사의 수장인 대립戴立의 신임을 얻어 남의사와 미군 첩보조직 OSS와의 연락에도 이상정이 연락책으로 활동한 사실이 있습니다.

이상화·이상정 형제는 경주 이씨 형님뻘 족친이 되십니다. 한 번씩 상화 고택에 들릴 때면 같은 집안 형님이라는 핏줄이 주는 친근감 그리고 상화 시인과는 비교는 되지 않지만 어렵지만 가치 있는 일을 하고 있다는 연대감이 겹쳐 아스라이 그리움에 젖곤 합니다.

상화 시인과 함께 떠오르는 사람이 우선藕船 이상적 선생입니다. 선생은 추사 김정희 선생이 제주도에 귀양 가 있던 시절 연경에 다녀오면서 추사를 위해 그가 좋아하는 서적과 문방구를 구입해 여러 차례 제주도를 오가며 추사를 위문했던 인물입니다. 추사가 세한도를 그리면서 그 유명한 歲寒然後松柏之後彫(겨울이 되고 나서야 소나무와 잣나무가 시들지 않음을 안다) 구절을 써넣게 한 분입니다.

이상화, 이상정, 이상적 이분들은 시세時世에 따라

오가지 않고 자신이 옳다고 생각하는 바를 위해 지조와 충절을 지키신 분들입니다. 대구에서 어려운 일을 하면서 저는 우리 핏줄이신 족친 형님들을 생각하면서 각오를 다지곤 합니다.

현진건·현정건 형제

우리는 현진건을 소설 「빈처」를 지은 문인 정도로만 알고 있을 뿐 그가 손기정 선수의 베를린올림픽 마라톤 우승 보도 당시 이른바 '일장기 말소 사건'을 일으킨 주인공이라는 사실을 아는 사람은 많지 않습니다.

손기정 선수는 1936년 베를린올림픽 마라톤에서 당시 세계 신기록으로 우승했습니다. 일제강점기 손기정의 우승과 남승룡의 3위는 식민 지배를 받던 국민들에게 민족의식을 일깨워주고 한민족의 우수성과 저력을 전 세계에 과시하는 계기가 되었습니다. 언론들도 대서특필했습니다.

손기정 선수 우승 4일 뒤인 8월 13일, 시상식 장면에서 손기정 가슴의 일장기를 지운 사진이 '조선중앙일보'와 '동아일보'에 나란히 보도됐습니다. 그러나 일장기를 일부러 지운 흔적이 분명하지 않아 그냥 넘어갔던 일제는 8월 25일자 동아일보가 또다시 일장기를 없앤 사진을 보도하자 곧바로 동아일보 관계자 조사와 함께 무기정간이라는 강경 조치를 내렸습니다. 이때 현진건은 동아일보 사회부장이었으며 이 사건의 주모자로 지목되어 다른 동료 7명과 함께 40일간 구속되었습니다. 이 사건으로 동아일보 사회부장을 사직해야 했습니다.

1927년 동아일보에 입사한 현진건은 일장기 말소 사건으로 동아일보를 떠날 때까지 탁월한 역량을 발휘하여 사회부장으로 강호의 흠양을 받았습니다. 또 1933년 12월 20일부터 1934년 6월 17일까지 민족주의적 색채를 띤 작품『赤道적도』를 연재해 관심을 모았습니다. 언론인을 그만둔 후로는 힘든 생활 속에서도 작가로서 활발한 작품생활을 이어갔습니다.

현진건의 반일 민족정신은 작품에서도 뚜렷하게 드러나 한국인 민중의 현실을 정확하게 짚어낸 단편

집 『조선의 얼굴』은 일제 당국에 의해 금서처분을 당할 정도였습니다. 현진건은 깡다구가 있고 자존심이 강하고 지조가 굳은 대구 사람이었습니다.

현진건의 친형 현정건도 유명한 독립운동가입니다. 그는 주로 상해에서 독립투쟁을 벌였습니다. 1910년 결혼한 뒤 상해로 건너가 독립운동에 매진하였습니다. 현정건의 상해 망명은 대구·경북 사람으로서는 앞선 행동이었고 일제의 감시망에 포착되었습니다.

1914년 3월 상해 일본총영사관에서 본국으로 보낸 기밀문서에서 한국인 43명 중 현정건의 이름이 등장합니다. 1918년에는 동생 현진건을 불러들여 1년간 같이 지내기도 하였습니다. 이때 현진건은 상해 호강대학 독일어 전문부에 다녔습니다. 현정건은 1919년 2월경 상해에서 국내로 밀입국했다가 일제경찰에 붙잡혀 3월 중순 석방되었고, 길림 방면을 통해 다시 상해로 탈출했습니다. 현정건은 상해에서 활동할 때 사회주의 계열 단체와 관련을 맺었습니다. 사회주의에 관심을 두었으나 민족 우선의 독립운동에 초점을 두고 임시정부 내 계파간의 통합과 조정을 위해서도 노력하였습니다.

1928년 3월 현정건은 프랑스 조계 경찰의 협조 아래 진행된 일본영사관 경찰 수색에 체포되어 국내로 압송되었습니다. 3년간의 옥살이 끝에 1932년 석방되었으나 그 후유증으로 1932년 12월 30일 가회동 부인의 집에서 사망했습니다.

그는 읍민挹民이란 호를 썼습니다. 백성들에게 읍한다는 뜻입니다. 국민은 국가의 주인이므로 국민을 받들겠다는 뜻입니다. 그는 고려공산당과 같은 사회주의 계열의 독립운동 조직에 몸담으면서도 사회주의만을 고집하지 않았습니다. 오로지 민족을 위한 독립운동에 매진하면서 임시정부 개혁과 민족유일당 운동에 참여하는 등 좌우합작과 독립운동 단체의 통합에도 앞장선 대구를 대표하는 해외 독립운동가의 한 사람이었습니다.

고교 국어 교과서에 등장하는 현진건의 「빈처」를 읽으면서 저는 참 글을 잘 쓰는 분이라고만 생각했지

그분이 일장기 말소사건의 주인공인지는 알지 못했습니다. 더욱이 그 형님 되시는 분이 대단한 독립운동가인 줄은 더더욱 몰랐습니다. 현진건이 남긴 다른 문학작품도 읽어봐야겠다고 생각하고 있습니다.

이육사 형제

이육사의 본명은 이원록입니다. 1904년 안동에서 태어나 보문의숙에서 신학문을 배우고 대륜고등학교의 전신인 교남학교에서 잠시 수학했습니다. 1925년 독립운동 단체인 의열단에 가입, 그해 일본으로 건너갔다가 다시 국경으로 갔습니다. 1926년 일시 귀국, 다시 북경으로 가서 북경사관학교에 입학, 다음해 가을에 귀국했으나 장진홍 의사의 조선은행 대구지점 폭파사건에 연루되어 2년형을 받고 투옥되었는데 그때 수인번호가 264번이어서 호를 육사陸史로 정했습니다.

1929년 출옥하여 이듬해 다시 중국으로 건너갔습니다. 북경대학 사회학과에서 수학하면서 중국과 만

상화고택에서

주 여러 곳을 전전하면서 정의부, 군정부, 의열단 등 여러 독립운동단체에 가담하여 독립투쟁을 벌였습니다. 루쉰(魯迅)을 알게 된 것도 이 무렵입니다.

1933년에 귀국하여 시작詩作에 전념하였으며 1941년까지 식민지하의 민족적 비운을 소재로 삼아 강렬한 저항의지를 나타내고 꺼지지 않는 민족정신을 장엄하게 노래한 시들을 연달아 발표하였습니다. 그의 대표작에는 「청포도」, 「파초」, 「절정」, 「광야」 등이 있습니다. 그러나 시작에 못지않게 독립운동에도 헌신하여 전 생애를 통하여 17회나 투옥되었습니다. 1943년 초봄 북경으로 갔다가 4월 귀국했습니다. 6월에 피검되어 북경으로 압송 수감 중 1944년 1월 16일 순국하였습니다.

이육사는 6형제 중 둘째로 태어났는데 그의 형 원기, 동생 원일, 원조, 원창 등도 독립운동에 적극 가담하였으며 장진홍 의사의 조선은행 폭파사건에 연루되어 다 같이 체포되기도 하였습니다. 왕산 허위 가문은 이육사 형제의 외가가 되는데 이육사 형제의 민족의식 형성에는 외가의 영향이 많이 작용한 것으로 보입니다.

저는 육사의 시를 읽으면서 그렇게 서정적이고 아름다운 시를 쓴 시인이 항일독립투쟁으로 17번이나 투옥되었다는 사실이 믿기지 않을 정도였습니다. 민족의 해방을 강렬하게 염원하면서도 세련되고 상징적인 시어로 표현이 가능했던 시인에게 경의를 표할 따름입니다.

제 3 부

나와 대구와 대한민국

IX
이상식은
누구인가?

저는 이 책 앞부분에서 저의 성장사에 상당 부분을 할애하여 이야기했습니다. 이제는 정치인 이상식은 누구인가? 어떤 사람인가에 대해 이야기할 차례입니다.

왜 민주당인가?

저를 만나는 사람들이 제게 하는 가장 흔한 질문은

'왜 민주당인가?' 하는 것입니다. 어떤 때는 청문회 비슷하게 추궁당하기도 합니다. 대구·경북 출신에, 대구와 부산에서 경찰청장을 한 사람이 민주당을 선택한 배경이 궁금한 모양입니다. 저는 반 우스개로 대구·경북 출신에 경찰 고위직이면 민주당을 하면 안 되고 무조건 한국당을 가야 하는가 하고 반문하기도 합니다.

그런데 실제로도 저와 같은 계급인 치안정감 출신 국회의원은 죄다 자유한국당 소속입니다. 민주당에 경찰 출신은 있지만 TK 출신 경찰 고위직 중 민주당을 선택한 사람은 없습니다.

저는 이 자리를 빌려 제가 민주당을 선택한 나름의 이유에 대하여 말하고자 합니다.

첫째 인간과 생명의 존엄성은 내 인생을 통틀어 가장 큰 가치입니다. 저는 경찰관으로 시민의 생명과 안전을 위해 청춘을 바쳤고 농사꾼이셨던 제 부모님은 평생 약자에 대해 연민을 가지셨던 분이고 제게도 늘 없는 사람, 불쌍하고 억울한 사람을 돕는 사람이 되어야 한다고 말씀하셨습니다. 저는 영국 여류시인

Emily Dickinson의 시 「만약 내가」를 너무 좋아해 외우고 다녔고 대구청장, 부산청장을 거치면서 기회 있을 때마다 인용하곤 했습니다.

If I can stop one heart from breaking,

I shall not live in vain;

If I can ease one life the aching,

Or cool one pain,

Or help one fainting robin

Unto his nest again,

I shall not live in vain

내가 만약 누군가의 마음의 상처를 막을 수 있다면,

나 헛되이 사는 것 아니리

내가 만약 한 생명의 고통을 덜고,

기진맥진한 한 마리의 울새를

다시 둥지 위로 올려줄 수 있다면

나 헛되이 사는 것 아니리

둘째 저는 정의로움을 추구하고자 노력해왔습니

다. 물론 제 인생이 온전히 정의로웠던 것은 아닙니다. 그러나 최소한 제 양심에 부끄러운 짓을 하지 않았다고 자부할 수 있습니다.

셋째 정치는 올바른 역사인식과 시대정신에 입각해야 하고 미래지향적인 열린 사고를 가져야 한다고 생각합니다.

정치에 대해서는 여러 가지 의견이 있을 수 있으며 그 다양성을 존중해야 한다고 생각합니다. 민주당도 바뀌어야 할 점이 분명히 있습니다. 대구·경북 사람들이 보시기에는 더욱 그럴 것입니다. 그래도 저는 위의 세 가지에 기준에 따라 생각해 보아 민주당에 미래가 있다고 보았습니다.

최근 몇 년간의 개인적인 경험과 역사적 흐름도 중요한 요인으로 작용하였습니다. 승승장구하던 엘리트 경찰간부에서 하루아침에 길바닥에 내팽겨 치듯 공직에서 쫓겨난 개인사 속에서 곧이어 국정농단, 촛불혁명, 대통령 탄핵으로 이어진 역사적 흐름들이 저에게는 크나큰 정신적 각성의 계기로 작용하였습니다.

살아오면서 승진과 출세를 최고의 가치로 삼았으나 이제는 성찰과 반성의 과정을 통해 역사 인식과 시대정신에 눈을 뜨게 된 것입니다. 나중에 「변호인」 영화를 보게 되었는데 제 경험이 노무현 전 대통령님과 비슷한 것처럼 생각되었습니다. 이러한 것들이 모두 제가 민주당을 선택하는데 영향을 미쳤다고 생각합니다.

소신과 강단의 소유자

2018년 1월 8일 저는 매일신문에 '적폐청산 너무 오래한다'는 제목의 기고를 했습니다. "적폐청산은 꼭 필요하지만 너무 오래하게 되면 여러 부작용을 낳게 되니 이쯤에서 접고 민생에 전념하자"는 게 요지였습니다. 아침부터 난리가 났습니다. 골수 당원들은 날선 비난을 퍼부었습니다. "여당 위원장이 어째 우리 편에게 이럴 수 있나? 경찰 간부 하다가 민주당 왔을 때부터 꺼림칙했는데 이제 본색 드러내는구나!" 저도 어느 정도 예상하고 있었습니다. 그러나 민주당원들의 반

감과 섭섭함은 예상을 넘어섰습니다. 저의 정체성마저 의심하는 사람들도 있었습니다.

고육지책이었습니다. 저는 승리하기 위해서는 중도층의 지지를 받아야 승리한다는 확고한 믿음을 가지고 있었습니다. 실제로 만나는 사람들의 대다수가 그런 생각을 가지고 있었습니다. 민심을 대변하는 것이 정치 아닙니까? 다행히 일반 시민들은 저에 대해 높은 평가를 내리기 시작했습니다. "저 친구는 용기가 있고, 소신이 있다"는 소리가 들리기 시작했습니다.

저는 대통령의 면전에서도 소신 발언을 했습니다. 2019년 1월 26일 민주당 원외지역위원장 청와대 오찬 자리였습니다. 지역위원회 별로 한 명씩 발언 기회를 얻었는데 제 차례가 되어 저는 대통령에게 춘추전국시대 제나라 환공이 자신과 적대적인 관계에 있던 관중을 등용하여 중원의 패자가 되었던 점을 상기시키면서 '섭섭하시더라도 대구·경북 사람들에게 마음을 열어 주실 것'을 당부 드렸습니다.

저는 누구에게도 빚을 진 적이 없습니다. 저는 평소의 가치와 신념에 따라 행동할 따름입니다. 누구의 면전이라고 움츠리거나 하지도 않습니다. 쓴소리도 마다하지 않는 강단 있고 소신 있는 젊은 정치인, 이 것이 제가 추구하는 정치인입니다

겉보기와 다른 추진력과 뚝심

사람들은 제가 고시 출신이다 보니 저를 모범생의 전형으로 보는 것 같습니다. 공부를 잘한다는 측면에서 보면 저는 모범생이 맞습니다. 그러나 저는 모범생으로 불리는 것을 좋아하지 않습니다.

그러면 저는 어떤 사람일까요? 건달이란 말이 있습니다. 저는 이 말을 좋아서 자주 사용했는데 상공회의소 이재하 회장님도 저와 같은 의견이셨습니다. 하늘 '乾' 통달할 '達' '하늘의 이치에 통달한 사람'이라는 뜻입니다. 그런 좋은 뜻이라면 저는 건달기가 있다고 스스로 이야기해도 될 듯합니다.

대구경찰청장 시절 저의 절친 대학 동기가 형사과장으로 있었는데 연말 회식이었나 봅니다. 술이 거나하게 오르고 기분이 좋아졌을 즈음 그 친구가 일어나

말했습니다. "여기 계신 청장님은 공적으로 제 상사이나 개인적으로는 제 동기인데 이 분이 어쩌다 공부를 잘했기에 제도권으로 들어와 출세를 하셨지 잘못했으면 화원 학교(?)에 갔을 수도 있었던 분이다"

저는 지금도 그 친구가 한 말이 제 정체를 가장 정확하게 파악하고 있는 것으로 생각하고 있습니다. 또 저는 결정할 때까지는 시간이 좀 걸리지만 일단 결정하고 난 뒤에는 전광석화와 같이 밀어붙이는 저돌적인 측면이 있습니다. 씨름에서 습득된 것인지 모르나 저는 공격적인 측면이 있습니다. 뭐든지 공격적으로 합니다. 저는 말하는 것을 좋아하지 않고 행동으로 보이는 것을 좋아합니다. 저는 말보다 행동이 빠른 사람입니다.

늘 약자 편에 서고 싶은 사람

제가 경찰대학 2학년 때의 일입니다. 그때 시골에서는 다 그랬듯이 부모들은 텃밭에서 가꾼 채소를 도회지에 가서 팔아 고기나 애들 학용품을 사오곤 했습니다. 제 어머니가 울산장으로 정구지를 팔러 가셨다가 난전을 단속하는 순경에게 플라스틱 대야를 발로 차이는 일을 당하신 것입니다. 곧 자기 아들도 경찰관이 되기 위해 공부하고 있는데 같은 가족이라고도 볼 수 있는 경찰관에게 플라스틱 대야를 발로 차이셨으니 얼마나 가슴이 아프셨을까요?

시골 아낙인 제 어머니가 공공질서에 무슨 큰 위해가 되었겠습니까? 그냥 "어머니 여기 이러시면 안 됩니다. 딴 데로 가세요" 했으면 될 것 아닌가 말입니다. 여름방학 때 어머니에게서 이 이야기를 들은 저는 눈물이 핑 돌았습니다.

그 후 저는 늘 약자에게 관대한 경찰관이 되고자 다짐하고 또 다짐했었습니다. 배가 고파서 물건을 훔친 사람, 호기심으로 인한 순간의 실수, 초행길이나 가족을 동반한 운전자의 신호위반 등에 대해 법이 허락하는 범위 내에서 선처하고자 했습니다.

정치는 약자의 눈물을 닦아주는 것이어야 합니다. 강자는 스스로의 이익을 지키고 주장할 수 있습니다. 문제가 되는 것은 항상 사회적 약자입니다. 장애인, 노약자, 청소년, 빈곤계층 등 사회적 약자를 배려하고 존중하는 정치가 되어야 한다는 것이 저의 확고한 믿음입니다.

태도, 보수를 지향하다

대구는 참 까다로운 곳입니다. 경상도 말로 상그럽다고도 합니다. 서울에서 내려온 공직자들은 하나같이 대구가 처신하기가 가장 어려운 도시라고 입을 모읍니다. 예의범절을 따지고 체면을 중요시하는 곳입니다. 저는 이런 대구의 특성을 이미 잘 알고 있었습니다.

2014년 9월, 대구경찰청장으로 부임한 후 지역 내 대학 방문 때의 일입니다. 대학 본관으로 관용차를 타고 가는데 저 멀리 키가 유난히 크고 백발이 성성하신 총장님께서 미리 나오셔서 기다리고 계셨습니다. 저는 황망히 차에서 내려 50미터를 걸어갔습니다. 총장님이 의아해 하셨습니다.

"청장님 왜 걸어오십니까?"

"아, 네 날씨가 좋아 캠퍼스 구경 좀 했습니다."

떠날 때도 마찬가지였습니다. 차를 미리 출발시키고 100미터 넘게 걸어간 다음 배웅 나온 총장 일행이 시야에 사라지고서야 제 차에 올랐습니다. 갓 오십인 청장이 칠십을 넘겨 백발이 성성하신 총장님의 배웅을 받으며 관용차에 타고 떠나는 장면은 생각하기에 따라 대단히 건방져 보일 수가 있기 때문이었습니다.

대구의 정서와 특성을 이해하고 그에 맞게 행동했기에 저는 무난하게 기관장 직을 수행할 수 있었고 승진도 할 수 있었던 것입니다.

이렇게 보수적인 문화가 지배적인 대구에서 진보 정당의 깃발을 내걸고 정치를 하려면 기존의 진보의 태도와 자세로는 여러 가지 어려움이 따를 수밖에 없습니다. 여기서 나온 것이 이른바 '태도 보수'입니다. 그 사람이 지향하는 가치나 이념은 진보일지라도 그 사람의 태도와 자세, 품성이 예의바르고 반듯해야 지역민의 지지를 받을 수 있다는 뜻입니다.

저는 이러한 태도 보수의 범주에 들어가는 대표적인 정치인이 김부겸과 이낙연이라고 생각합니다. 그래서 영남권과 보수층에서 이들의 호감도가 높은 것입니다. 저도 반듯하고 멋진 정치인이 되어야겠다는 생각을 합니다. 그래서 저는 정치에 뜻을 둔 후 네거티브를 하지 않기로 결심했습니다.

'함혈분인含血噴人 선욕기구先辱己口'라는 말처럼 남의 욕을 하면 자기의 입부터 더러워진다는 사실을 알기 때문입니다. 젊은 사람은 뭐가 달라고 다르다는 이야기를 들어야 하지 않겠습니까?

X
대구가 바뀌면
대한민국이
바뀐다

많은 사람들은 대구가 변하면 한국이 바뀔 것이라고 말합니다. 틀림없는 사실입니다. 대구가 변하면 광주도 변할 것이고, 동서화합은 남북통일에도 긍정적으로 작용할 것입니다. 그래서 대구의 변화는 우리나라의 미래와 번영에 심대한 영향을 미칠 중요 변수가 되는 것입니다

보수의 심장이 되어 버린 대구

해방 이후 거의 모든 선거에서 강한 진보 성향을 보였던 대구가 보수화된 첫 계기는 박정희가 민정이양을 선언하고 대통령 선거에 나선 1963년 10월 15일 제5대 대통령 선거입니다. 이 선거에서 박정희 민주공화당 후보는 15만 6천표(1.5%)의 초박빙으로 민정당 윤보선 후보를 꺾고 당선되었습니다. 윤보선 후보는 서울, 경기, 강원, 충북, 충남에서 승리하였으나 전북, 전남, 경북, 경남, 제주에서 박정희 후보의 몰표가 나오면서 박정희가 승리하였습니다. 대구는 박정희 13만3천 표, 윤보선 11만4천 표로 그 표 차는 1만9천 표였습니다.

이 선거는 지금의 동서 대결 구도가 아니라 남북 구도였다는 점이 특징입니다. 진보진영과 야권에서조차 윤보선을 극우 정치인으로 인식하여 이념 갈등에 의한 학살사건을 직접 경험한 전남과 제주에서 남로당 관련 악재가 있었음에도 박정희에게 각각 57%, 70%라는 몰표를 몰아주었다는 점이 주목할 만합니다.

1963년 11월 26일에 치르진 제6대 국회의원 선거에서 여당인 민주공화당은 수도권에서는 참패하였으나 영남과 충청 강원에서 압승하였으며 대구에서는 4개 선거구 모두 여당인 민주공화당이 승리해 보수의 색채가 더욱 짙어지게 되었습니다. 이때 대구 남구에서 이효상 의원이 당선되어 국회의장으로 선출되는데, 그는 그 이후 대구지역의 보수화에 큰 영향을 끼쳤습니다.

1967년 5월 3일 제6대 대통령 선거는 대구지역 보수화가 더욱 심화되었음을 보여줍니다. 민주공화당의 박정희(51.4%)가 신민당의 윤보선(40.9%)을 10.5% 차로 이기고 당선되었습니다. 대구에서는 박정희 후보가 22만2천 표를 얻어 7만3천 표에 그친 윤보선 후보를 압도했습니다.

이 선거에서 주목해야 할 점은 처음으로 정치에 의한 지역감정 선동이 시작되었다는 것입니다. 1967년 10월 6일 대구 유세에서 이효상 당시 국회의장은 "박정희 후보는 신라 임금님의 자랑스러운 후손이니 이제 그를 대통령으로 뽑아 이 고장 사람으로 1000년만의 임금님으로 모시자"라는 발언을 하게 되는데, 여기에 많은 사람들이 호응한 것으로 알려져 있습니다.

1967년 6월 8일 제7대 국회의원 선거에서 대구에서는 4개 선거구 중 4지역구(서구와 북구)에서 야당인 신민당의 조일환 후보가 한 곳에서 당선되고 나머지 3개 지역에서는 여당인 민주공화당 후보들이 당선되었습니다.

1971년 4월 27일 대통령 선거에서 민주공화당의 박정희 후보는 신민당의 김대중 후보를 8%의 차이로 이기고 승리하였습니다. 대구에서는 박정희 후보가 25만9천 표, 김대중 후보가 12만5천 표를 얻어 표차는 13만4천 표로 선거 때마다 점점 더 벌어졌습니다. 이 선거에서 지역감정이 본격적으로 나타났습니다. 당시 국회의장 이효상은 유세에서 "경상도 대통령을 뽑지 않으면 우리 영남인은 개밥에 도토리 신세가 됩니다.", "경상도 사람으로 경상도 정권 후보에게 표를 찍지 않은 사람이 어디 있겠습니까"하며 또다시 지역감정을 부추겼습니다. 이를 의식한 신민당 김대중 후보는 대구 유권자들에게 "대통령 자격은 있으나 전라도 출신이라 표를 못 찍겠다면 그런 표는 안 받아도 좋으나, 1963년 선거에서 박정희 대통령은 전라도 표로 당선됐다"고 토로했습니다.

1971년 5월 25일 치르진 제8대 국회의원 선거는 의외의 선거 결과를 낳았습니다. 민주공화당이 과반 의석(113석)을 확보하기는 했으나 신민당이 개헌선의 2배를 넘는 89석을 확보하여 사실상 승리했다는 평가를 받았습니다. 이 선거에서는 여촌야도與村野都의 현상이 뚜렷하게 나타났습니다. 대구에서도 5개의 선거구 중 북구의 강재구를 제외하고는 4석을 신민당에서 가져감으로써 다시금 일시적으로 대구는 야당의 도시가 되었습니다.

8대 국회의원 선거의 여파는 컸습니다. 정상적인 방식에 의해 더 이상의 집권 연장이 불가능해진 박정희 대통령과 여당은 1972년 10월 17일 이른바 유신을 단행하였습니다. 그리고 11월 27일 유신 헌법안을 국민투표에 회부했으며 투표율 91.9%, 찬성율 91.5%의 압도적 찬성으로 확정되었습니다.

대구는 투표율 93.2%, 찬성율 87.1%로 전국 평균보다 낮은 찬성율을 나타냈습니다. 유신헌법에 따른 대통령 선출방식에 따라 선출된 통일주체국민회의는 1972년 12월 23일 서울장충체육관에서 첫 총회를 갖고 단독 출마한 박정희 후보에 대해 2,359명의 대의원 전원이 참석해 찬성 2,357표, 무효 2표의 절대적인 찬성으로 8대 대통령을 선출함으로써 유신통치가 시작되었습니다.

대구 보수화의 원인

그 이후 대구의 정치적 상황은 대부분 알고 있는 바와 같습니다. 간헐적인 예외가 있기는 했으나 대구는 여전히 강고한 보수의 심장으로 남아있습니다. 대구가 해방 이후 동방의 모스크바로 불릴 정도로 강한 야성을 지녔다가 박정희 등장 이후 급속하게 보수화된 이유에 대해서는 설득력 있는 설명을 내놓고 있지 못하는 형편입니다.

두 차례에 걸친 인혁당 사건으로 진보세력의 뿌리

가 뽑혔다는 주장도 일면 타당성을 가지고 있습니다. 대구·경북지역이 유림의 총본산임을 상기시키면서 유교의 내재적인 보수성을 이유로 드는 분들도 계시는 것 같습니다.

개인적으로 저는 대구의 보수성은 긴 세월 지녀왔던 대구·경북 사람들의 뿌리 깊은 종가의식과 애국심과 자부심의 변형이라고 보고 있습니다.

신라가 삼국을 통일한 이래 대구·경북 사람들은 자신들이 대한민국의 뿌리이고 종가이며 큰집이라고 생각해 왔습니다. 고려시대, 조선시대를 거치면서 왕조와 권력은 바뀌었으나 대구·경북 사람들의 마음 기저에는 자신들이 우리나라의 중심이라는 생각이 뿌리 깊게 박혀 있었습니다. 그 바탕에서 강한 애국심과 자부심도 생겨났을 것입니다.

그러나 현실 정치에서 대구·경북이 중심이 된 적은 없었습니다. 그러다 박정희가 등장했습니다. 이효상 당시 국회의장이 1967년 대통령선거에서 이야기한 '신라 임금의 후손'이라는 말은 대구·경북 사람들의 피에 잦아 있던 경상도 왕조에 대한 향수를 되살리는 촉발제가 되었습니다.

다시금 이 나라의 중심 세력이 되고픈 것입니다. 그러한 심리가 신라 임금의 후손인 박정희와 대구· 경북 사람인 전두환, 노태우, 이명박 그리고 박근혜에 대한 전폭적인 지지로 나타난 것으로 보이는 것입니다. 수많은 사람들이 도전했으나 번번이 강고한 보수의 성 앞에서 무릎을 꿇었던 것입니다. 그리고 그만큼 대구의 변화와 발전도 더뎌질 수밖에 없었습니다.

변화의 바람이 불고 있다

그러나 세상은 돌고 돕니다. 2016년 제20대 총선에서 김부겸이 대구에 새바람을 몰고 왔습니다. 우리 정치사에서 김부겸은 뚜렷한 족적을 남긴 사람으로 되어야 할 것입니다. 2018년 지방선거에서는 민주당이 기초의원과 광역의원 선거에서 약진했습니다. 수성구의회는 민주당이 제1당이 되었습니다.

이제 대구에서도 정당보다는 사람을 보아야 한다는 인식이 확산되고 있습니다. 또 전략적으로 서로 경쟁을 시켜야 대구가 발전할 수 있다는 생각도 조금씩

싹트기 시작했습니다. 무엇보다 2018년 지방선거는 대구 사람들에게 일종의 각성을 가져왔다고 볼 수 있습니다. 그래서 우리가 어떻게 하는지 가만히 바라보면서 주시하고 있습니다.

우리가 잘 한다고 생각하면 대구 사람들은 기꺼이 우리를 지지할 마음의 준비가 되어 있다고 생각합니다. 2020년 제21대 국회의원 선거는 대구가 여전히 강고한 보수의 아성으로 남느냐? 아니면 변화의 새 물결을 받아들이느냐의 중요한 계기가 될 것입니다.

대구도 발전할 수 있다

사람들에게 대구가 발전되지 못한 이유를 들라고 하면 가장 많이 언급되는 것이 바로 대구의 지정학적 위치입니다. 즉 내륙도시라는 것입니다. 일면 타당성이 있는 지적입니다. 우리나라만 보더라도 최근 급격하게 발전한 부산, 인천 등은 모두 항구도시입니다. 그러나 서울, 북경, 런던, 파리, 모스크바 같은 주요 국의 수도들은 모두 내륙도시입니다. 또한 수도가 아닌 도시들 중에서도 내륙에 위치해 있으면서 발전할 도시도 많습니다. 독일의 뮌헨, 프랑스 리용, 미국 애틀란타 등도 내륙도시이면서 번영하고 있습니다.

대구는 4차 산업혁명의 요건을 갖춘 도시입니다. 4차 산업은 하드웨어가 중심이 아니라 소프트웨어가 중심입니다. 그래서 중후장대重厚長大형 산업에 필수적인 항만은 4차 산업혁명의 필수요건은 아닙니다. 가장 중요한 것은 우수한 인재입니다. 대구는 한국의 교육수도라 할 정도로 교육수준이 높아 4차 산업혁명에 필요한 우수한 인력을 공급할 수 있습니다. 또 전국에서 가장 까다로운 소비시장인 대구는 Test Bed의 역할을 성실히 수행할 수 있습니다.

게다가 대구는 문화예술의 수준이 높아 산업의 영역에 문화와 예술을 접목시키는 4차 산업혁명에 안성맞춤입니다. 인근 포항, 구미, 경산, 영천 등 산업단지와 대구의 교육연구 인프라가 제대로 결합되기만 하면 대구는 4차 산업혁명의 중심지로 우뚝 설 수 있을 것입니다. 대구도 충분히 발전할 수 있습니다.

문제는 대구의 리더십이다

대구는 최근 30여 년간 특정 정치 세력이 독점해 왔습니다. 중앙에서는 정치권력이 보수와 진보를 오가며 바뀌면서 역동적인 모습을 보인 것과 달리 대구는 전혀 바뀌지 않았습니다. 고인 물 대구가 썩는 것은 당연한 것입니다. 썩는다는 말이 반드시 비리와 부정부패만을 이야기하는 것은 아닙니다. 진취적이고 개방적인 정신이 죽어가는 것이 더 큰 문제인 것입니다.

시장경제와 민주주의의 가장 기본원리인 경쟁과 균형이 작동하지 않음은 말할 것도 없습니다. 혹자는 대구를 동종교배同種交配의 도시라고 혹평합니다. 경쟁이 없으니 열성인자만 나타난다는 뜻입니다.

대구는 또 카르텔이 지배하는 곳입니다. 특정 학교, 특정 종교, 특정 언론이 결합하여 거대한 카르텔을 형성하고 이들이 대구를 지배해 왔습니다. 그러니 신진 세력이 육성되고 발전될 수 없는 것입니다.

진취적이고 개방적인 기풍이 사라지고 특정 정치 세력과 특정 카르텔이 지배하는 패쇄적이고 답답한

도시는 발전할 수 없습니다.

대구가 바뀌기 위해서는 무엇보다 정치 리더십이 교체되어야 합니다. 정치 세력은 그대로 두고 대표선수만 교체하는 것으로는 부족합니다. 특정 정치 세력의 독점이 끝나야 하고 카르텔을 무너뜨려야만 합니다. 작년 대구시장 선거에서 기회가 있었으나 실패하였습니다. 2020년 총선이 마지막 기회가 될 지도 모릅니다. 내년은 대구를 변화시키고 대한민국을 살리는 마지막 기회입니다.

경쟁과 균형, 관용의 정신이 필요

네덜란드에서는 17세기 초를 '황금시대'라 칭합니다. 이때 네덜란드는 경제적, 군사적, 문화적으로 전례 없는 번영을 구가했습니다. 척박한 자연환경을 가진 이 조그만 나라가 영국을 누르고 한때나마 해상왕국의 지위를 누릴 수 있었던 이유는 무엇일까요?

그 해답은 이웃 나라 프랑스, 독일, 영국 등지에서

종교적 박해를 피해 이주한 수많은 이민 세력의 융합적 힘과 그것을 가능하게 한 관용적인 분위기라고 많은 사람이 말합니다.

볼테르는 관용론(Tolerance)에서 말합니다. "저는 당신의 주장에 동의하지 않는다. 그러나 당신이 당신의 견해를 자유롭게 개진할 수 있는 권리는 목숨을 걸고 지키겠다"

대구는 워낙 보수적인 색깔이 강하다 보니 소수 세력은 침묵할 수밖에 없었습니다. 그리고 다른 정치 세력을 포용하지 않고 배척해 왔습니다. 경쟁과 균형의 원리가 작동하지 못한 것입니다.

대구에도 포용과 관용의 사례가 있습니다. 조선시대 대구의 지배적인 세력은 남인이었습니다. 그런데 현종과 숙종 대에 대구로 부임한 이숙李淑(1626~1688)과 유척기兪拓基(1691~1767)는 서인들이었습니다. 이숙은 1672년 경상도 관찰사 겸 대구 부호부사로 재임 중 영남지방의 대흉년을 구휼하였으며 양로연을 베풀어 향사례鄕射禮를 익히고 시서와 학교를 거듭 밝혀 지방이 크게 변하도록 하였습니다. 또 1726~1727년과 1737~1738년 두 차례에 걸쳐 같은 직에 부임한 유척기 역시 그에 못지않은 공적을 세웠습니다. 그러자 대구의 남인들은 정치적으로는 대립관계에 있었음에도 이들의 공덕을 인정하고 상덕사에 배향하였습니다. 저는 대구 사람들이 다시 위와 같은 포용과 관용의 정신을 보여주길 소망합니다.

대구는 큰집이다

대구·경북은 우리나라의 주류 세력이었으며 지금도 그렇습니다. 신라의 삼국통일로부터 이어진 대구·경북은 우리나라 내 중심적 지위는 한 번도 흔들리지 않고 이어졌습니다. 수성구의회 김희섭 의장은 어디에 가든 자리에 맞는 센스 있는 격려사를 하는 분인데 한 번은 "대구는 큰 차입니다. 티코는 회전반경이 작지만 큰 차는 회전반경이 큽니다. 그래서 대구가 변하는 데는 시간이 걸립니다."고 말한 적이 있었습니다. 공감이 가는 부분입니다.

저는 대구를 '큰집'이라고 봅니다. 그렇습니다. 현

재 대구가 우리나라에서 차지하는 위상은 계속 하락해 왔지만 대구는 적어도 정신적으로 우리나라의 큰집이 분명합니다. 대구는 그동안 임진의병, 항일투쟁, 6.25전쟁, 민주화투쟁을 거치면서 선구자요, 중심의 위치에 있었고 그 때문에 지금은 힘이 많이 빠진 상태입니다. 지금의 대구를 저는 영국과 비유하고 싶어집니다. 한때 해가 지지 않는 나라, 세계의 중심이었던 영국은 1,2차 세계대전에서 자유세계를 구하는데 너무 많은 힘을 쏟은 나머지 지금은 그 위상이 현격히 줄어들었습니다.

그러나 자유세계는 영국에 빚진 바가 큽니다. 그래서 미국은 지금도 힘은 훨씬 세지만 영국에게는 한 수 접어줍니다. 큰집 대접을 해주고 있는 것입니다. 그리고 지금도 영국은 군사, 경제적으로는 미국에 비할 바 못 되지만 국제사회에서의 무시 못 할 영향력을 행사하고 있고 문화적 트렌드에서는 오히려 세계를 선도하는 위치에 있습니다. 그리고 영국 사람들의 자부심은 드러내지 않지만 깊고 높습니다.

대구 사람들도 마찬가지입니다. 우리 대구·경북

사람들은 국가에 위기가 닥쳐올 때마다 자신을 희생해 공동체를 살린 위대한 정신을 가지고 있습니다. 이제 대구는 종가와 큰집의 자존심을 살리고 그 역할을 다시 회복해야 합니다.

사람들은 말합니다. 호남 사람들이 자유한국당에 5% 주는 것은 이야기하지 않고 대구·경북에서 민주당에 주는 20%는 작다고 하느냐고? 저는 말합니다. 우리는 큰집이고 강자다. 그들은 작은집이고 약자입니다. 삼국통일에서부터 5.18까지 경험한 호남 사람들에게 정치적 단결은 생사가 걸린 문제였습니다. 그러니 우리가 먼저 손을 내밀어야 그들이 응답하지 않겠습니까? 대구가 바뀌면 호남도 바뀔 것이고 결국 우리나라가 바뀔 것입니다.

굳고
정한
갈매나무

그래도 대구가 좋다

저는 이제까지 살면서 거절당한 경우가 거의 없습니다.

그러나 대구에서 저는 거절당하기 일쑤였습니다. 면전에서 면박을 당한 경우도 많습니다. 범물동의 어느 식당에서 저녁식사를 하다가 옆자리에 있는 젊은 여성들에게 인사를 하고 명함을 건네는데 그중 한 여성이 한 말이 지금도 잊혀 지지 않습니다.

"명함 주셔도 어차피 버릴 건데 안 주셔도 돼요."

면전에서 명함을 찢는 경우는 없었으나 대놓고 적의를 표시하는 경우는 허다했습니다.

어떤 경우에는 잡상인 취급을 당하여 쫓겨나는 일도 있었습니다. 작년 시장 예비후보 시절 사무실 건물에 대형 플래카드를 걸고자 플래카드가 창문을 가리는 사무실에 동의를 구하러 다녔는데, 어디 한 군데에서는 그야말로 귀찮은 외판원 상대하듯이 하여 마음이 상한 경우도 있었습니다.

또 저의 위치를 이용하려는 사람들도 있었습니다. 사람들은 제가 대구에서 경찰청장을 했으니 제가 전화만 하면 옛날 부하들이 예예 하는 줄 아는 모양입니다. 그러나 사실은 전혀 그렇지 않습니다. 어쩌다 그런 전화를 할 때 저는 그야말로 '을'의 위치에 있습니다. 그래도 대구에서 청장을 할 때 그렇게 인심을 잃지 않은 탓인지 후배들이 제 부탁을 무시하지 않고 경청해 줍니다. 저로서는 고마울 따름입니다. 그런데 제 영역 밖의 일, 청탁 수준의 민원을 가져오면 저는 무력할 뿐입니다.

한때 친하게 지냈던 사람들과 소원해진 것도 안타까운 부분입니다. 대구에서 제가 아는 많은 사람들은 제가 민주당 깃발을 달고 정치를 한다니까 당황스런 모양입니다. 처한 입장에 따라 혼란스러워 하거나 곤혹스러워했습니다. 그래도 한 가지 확실한 것은 인간 이상식이 아니면 민주당을 쳐다보지도 않던 사람들이 민주당에 관심을 가지기 시작했다는 것입니다.

가장 야속한 것은 꿈쩍도 하지 않는 대구 사람들의 민심입니다. 50년 넘게 대구 사람들은 몇 번의 예외를 제외하고는 민주당에 마음을 주지 않았습니다. 대구의 정치 세력은 지난 수십 년간 한 번도 변하지 않았습니다. 그러니 미꾸라지와 메기의 경쟁의 원리는 대구에서는 통하지 않았고 그 결과 대구는 GRDP 전국 꼴찌라는 수모를 30년 가까이 당하고 있습니다. 이강철이나 유시민 같은 사람들이 당선되었으면 대구는 많이 발전했을 수도 있을 것입니다. 대구는 요지부동입니다.

그러나 그래도 저는 대구가 좋습니다.

대구는 제가 청춘을 오롯이 보낸 곳이며
제가 사랑하는 사람들이 가장 많이 살고 있는 도시
이고
나라가 어려울 때 자신을 희생해
나라를 구한 위대한 도시이며
드높은 자부심을 가진 사람들의 도시이고
의리와 신념을 지키는 사람들의 도시이며
또 한때 제가 그들의 생명과 안전을 책임졌던 도시
입니다
만약 우리가 선택을 받지 못한다면
그것은 우리의 잘못이지
대구 사람들의 잘못은 아닌 것입니다.
열심히 하다보면 언젠가는 사람들이
우리의 진정성을 알아줄 것으로 믿습니다.

봄이 오지 않아도 봄을 믿어야 한다

요즘 나이 드신 분들에게 인사를 드리고 명함을 건
네다 보면 어르신들이 내 얼굴과 명함을 번갈아 보고

는 말씀하십니다.

"자네는 경력도 좋고 인물도 멀쩡 하구마는 왜 하필 당이 거고?"

사실 이런 말 많이 들었습니다. 요즘 지역을 다니다 보면 사람들이 저를 좀 안쓰럽게 보는 것 같습니다. 그 정도 스펙이면 다른 당을 가더라도 충분히 경쟁력 있을 텐데 왜 굳이 어려운 길을 가려는가 하고 말입니다. 대구에서 민주당을 하는 것이 어려운 길임은 의문의 여지가 없습니다. 대구에서 성장을 하고 기관장을 했는데 대구가 어떤 곳인지 모르겠습니까? 오랜만에 만난 사람들은 저를 보고 한다는 이야기가 "고생한다더니 얼굴은 괜찮네?"입니다. 이낙연 총리도 저를 보고는 "고생한다더니 신수는 좋구만"이라고 하셨습니다.

그런데 저에게는 저 스스로의 자부심이 있습니다. 그 자부심은 경찰청장을 할 때의 것과는 다릅니다. 경찰청장을 할 때는 시민의 생명과 안전을 지킨다는 직업적 자부심이었습니다. 지금은 시대적, 역사적 자부심입니다. 누군가는 가야 하지만 아무나 갈 수는 없는 길을 가고 있기에 저의 내면은 자부심으로 충만해 있습니다.

지난 30년간 대구는 쇠락에 쇠락을 거듭했습니다. 젊은이는 대구를 떠났고 도시는 활력을 잃었으며 정신은 혼미해졌습니다. 대구는 꽁꽁 얼어붙은 도시, 외부의 변화에 빗장을 걸어 잠근 도시, 주어진 조건에 순응하고 살아가는 체념의 도시가 되었습니다. 대구는 지금 한겨울입니다. 그러나 겨울이 지나면 반드시 봄이 오는 법, 봄이 오지 않아도 우리는 봄을 믿어야 합니다.

그래서 저는 아무리 어려워도 희망을 말하고자 했습니다. 올 추석 경제가 좋지 않아 먹고 살기 힘들고 일본 경제 보복과 조국 사태로 나라가 온통 뒤숭숭하고 민주당 지지율이 곤두박질칠 때 저는 추석 인사말로 '희망은 언제나 우리 곁에 있습니다'로 택했습니다.

저는 대구의 변화는 대한민국의 변화로 이어질 것으로 확신합니다. 그랬기에 척박한 땅 험지 대구에서 민주당으로 출마하기로 결심했습니다. 어려운 길이 될 것임은 분명합니다. 그러나 어렵다고 가만히 앉아있으면 세상이 바뀌겠습니까? 용기 있는 자가 세상을 바꾼다고 했습니다. 저는 세상사에 체념하고 단념하는 대신 용기를 내어 도전하기로 했습니다. 저는 그 무엇도 그 누구도 두렵거나 부럽지 않습니다.